É

DU PET

Dissertation historique, anatomique et philosophique,
Sur son origine, son antiquité, ses vertus, sa figure,
les honneurs qu'on lui a rendus chez les peuples anciens,
et les facéties auxquelles il a donné lieu.

PAR C.F. MERCIER DE COMPIÈGNE

Éditions Apolline

An VII de la Liberté

Cet ouvrage est le 24e de la collection *in*-18
du citoyen Mercier, de Compiègne,
au nombre de 38 articles différents.
Le *Bréviaire des jolies femmes* est le 23e.
Voyez son catalogue.

ISBN : 2-84556-016-8

Préface

Rien de si petit en apparence que le héros que je célèbre, puisqu'on ne peut l'apercevoir. Rien de si grand et de si puissant que lui, puisque semblable aux aquilons, et même à Dieu, que l'on sent et que l'on ne voit pas, il agit sans cesse sur nous et sur tout l'univers.

Synésius de Cyrène a fait l'éloge des chauves ; Dion Chrisostome, celui des cheveux. Homère a fait le combat des rats et des grenouilles. Virgile, l'éloge du moucheron, des abeilles et du gâteau à l'ail. Policratès et Isocrate ont fait l'éloge du tyran Busiris. Glauco et Carneadès ont fait l'éloge de l'injustice. Favorinus, celui de Thersite et de la fièvre quarte. Lucien, celui des mouches et des parasites. Sénèque a fait l'apothéose de Claude, dont il est parlé dans cette dissertation. Plutarque, le dialogue d'Ulysse avec le grillon. Lucien, Apulée, Mélanchton, Agrippa, et Daniel Heinsius ont fait l'éloge de l'âne.

Le Hollandais Curtius Jaël, celui du hibou[1] ; Thémison, celui du plantain. Homère, celui du vin. Alcidonius, celui de la mort. Ephren de Syrie, celui du rire. Le Grec Marcion, celui du radis. Hippocrate, celui de la tisane. Messala, l'éloge de chaque lettre de l'alphabet. Orphée et Hésiode ont beaucoup écrit sur les parfums. Le roi Juba a fait l'éloge de l'euphorbe. On a tout loué, l'ignorance, l'exil, la guerre, la laideur, la prison, la peste, la médisance, l'outrage, l'impudence, la mauvaise fortune. Les plus vils insectes, les poux, les punaises, les araignées, ont eu leurs apologistes. On a loué des choses plus risibles encore. Érasistrate a fait l'éloge de l'herbe qui a pris son nom de Lysimachus, roi de Thrace ; le médecin Icesius, celui de l'herbe qui n'a point de nom. Démocrite, celui du nombre quatre et du caméléon. Pythagore a fait un ouvrage sur les oignons. Caton et le médecin Chrysippe ont fait l'éloge du chou. Phanias, celui de la lentille ; Ésope, celui de la langue. Dioclès, celui de la rave. Hésiode et Musée, celui de l'odorant Polion. Phanias le physicien, celui de l'ortie. Asclépiade, celui de la camomille, et du vin nouveau.

---

[1] Voyez *Les Soirées littéraires*, par L. Coupé, tome 10 ; et la note bibliographique, page 105 de cet ouvrage.

Ovide, celui de la puce[2]. Cardan, celui de Néron. Érasme, celui de la folie. Jean Fabricius, celui de la gueuserie. Chaulieu, celui de la paresse. Ulrich de Hutten, celui de la fièvre. Guazzy, celui des piqueurs d'assiette. Jérôme Fracastor, celui de l'hiver. Étienne Dolet, celui de la vieillesse. Élias Major, celui du mensonge. Douza, celui de l'ombre. Louis Coquelet de Péronne, Passérat et le père Daire, d'Amiens, ont fait les éloges de rien et de quelque chose[3]. Marc Antoine et Sallengre, l'éloge de l'ivresse[4]. Buchanan, celui d'une fille de joie[5]. J. P. N. Ducommun, dit V., ceux des yeux, du nez et des têt... De Maimieux a fait l'éloge philosophique de l'impertinence. Frédérick Dedekind, celui de l'incivilité. La Case a fait l'éloge de la sodomie. Beverovicius, celui de la médecine. Un aimable et

---

[2] Le fait n'est pas sûr ; je crois que cet ouvrage est d'un anonyme : au reste, je l'ai traduit en vers français à la fin de ce volume.

[3] Cet ouvrage, dont j'ai donné une édition, fait partie de ma collection.

[4] Cet éloge vient d'être refait avec des détails neufs, par P. A. M. Miger, en 1 volume *in*-12.

[5] Voyez *Apologia pro Loenâ*, dans l'édition que j'ai donnée de *Vénus la populaire*, ou *Apologie des maisons de joie*, ouvrage traduit de l'anglais, 1 vol. *in*-18.

savant jurisconsulte de la ville de Troyes a fait une excellente dissertation sur l'ancien usage de la rue du Bois, dans les mémoires de l'académie de cette ville. J. H. Meibomius, médecin de Lubeck, a fait l'éloge du fouet[6]. Le célèbre doyen irlandais, le docteur Jonathan Swift, celui de la chaise percée, sur l'art de méditer sur la garde-robe, et des recherches précieuses sur les latrines publiques. J. N. M. Deguerle a composé l'éloge des perruques. Guyot Desherbiers, un de nos législateurs, vient de faire, dans un excellent poème en vers de huit syllabes, l'éloge le plus pompeux des chats, déjà immortalisés par le célèbre et gracieux Moncrif.

On me pardonnera donc l'ambition de vouloir mêler mon nom à celui de tous ces écrivains fameux, en faisant l'éloge du pet et traitant de l'art de péter. Car, sans doute, péter est un art, et par conséquent une chose très utile à la vie, au rapport de Lucien, d'Hermogènes et de Quintilien. Il est plus nécessaire qu'on ne pense de savoir péter à propos.

---

[6] J'ai donné une traduction de cet ouvrage singulier et très rare, avec des notes historiques, une introduction et un index précieux. Il me reste très peu d'exemplaires de ce livre piquant.

« Un pet qui, pour sortir, a fait un vain effort,
» Dans les flancs déchirés reportant sa furie,
» Souvent cause la mort :
» D'un mortel constipé qui touche au sombre
» bord.
» Un pet à temps lâché pourrait sauver la vie. »

J'aurai donc bien mérité de ma patrie et de l'humanité entière, en apprenant aux hommes un moyen si facile de se conserver, en *paix* et en joie. Si, par digressions, je parviens à leur démontrer que l'on peut péter en musique, comme on tousse, comme on sanglote et comme on expire en cadence dans nos opéras modernes, j'aurai mérité des arts agréables, comme je mérite des sciences, par cette lumineuse dissertation. Il ne me reste donc plus qu'à désirer que l'on établisse au plus tôt une société de *péteurs*, dont je publierai les règlements, et qui certainement vaudra bien les mille et une sociétés de notre temps, où l'on ressasse jusqu'à la satiété tout ce qui a été dit avant nous ; où le vieux L. V… débite, en s'admirant lui-même, de mauvaises fables, des vers bien prosaïques et mille fadeurs mal rimées, pour plaire à quelque Iris reliée en parchemin. Et moi aussi, j'aurai la gloire d'être fondateur d'un Lycée, bruyant à la vérité, mais où l'intrigue despotique du spéculateur ne compromettra jamais des membres utiles, en en faisant des Pantagoniens, qui ne travaillent que pour son profit et ne sont que des esclaves. La gaîté sera permanente dans ma société.

Il existe trois ouvrages sur la matière que je traite, mais ils deviennent inutiles et ne seront dans les bibliothèques qu'un double emploi, lorsque celui-ci paraîtra. J'en ai traduit un, j'ai analysé les deux autres, et j'ai recueilli avec soin tout ce qui a un rapport à mon sujet.

Le premier est intitulé : *Oratio pro crepitus ventri, habita ad patres crepitantes*, ab Emmanuele Martino, Ecclesiæ Alonensis Decano. Juxta exemplar Regio — Brigæ excusum. *Lausannæ. Sumptibus* Fr. *Grasset et soc.* 1767, *in*-12 de 30 pag. et *Cosmopoli.* 1768, *in*-32.

Le 2e, *L'Art de péter*, ou essai théori-physique et méthodique, à l'usage des personnes constipées, des personnages graves et mélancoliques et de tous ceux qui sont esclaves du préjugé ; suivi de l'histoire de *Pet en l'air* et la reine des Amazones, où l'on trouve l'origine des vuidangeurs. *En Westphalie*, chez Florent Q., rue du Pet-en-Gueule, au soufflet, 1776, 1 v. *in*-12, de 148 pages.

Le 3e, *La Société des francs-péteurs*, 80 p. *in*-12. J'en ai extrait le règlement.

Comme il n'est pas possible de tirer autant d'exemplaires de cet ouvrage, qu'il y a de péteurs sur la surface du globe, je me suis restreint au petit nombre qui veulent rire et sont curieux d'ouvrages gais et rares. Il n'a donc été tiré qu'à mille exemplaires.

Je dois, avant de terminer ma préface, rendre compte des motifs qui m'ont engagé à composer un si pénible ouvrage, sur un sujet si petit et si ridicule ; en cela j'imite Daniel Heinsius.

Attaqué d'une consomption lente, qui résiste à tous les secours des médecins, et que le souvenir des fléaux dont la Révolution m'a accablé ne me permet pas de secouer, réduit aux privations les plus douloureuses, et forcé de vivre de ma plume seule, souffrant de la misère publique, autant encore que de la mienne, il m'a fallu un antidote puissant contre ces poisons ; le citoyen Lassus, mon généreux médecin, m'ordonna le séjour de la campagne, et je n'en ai point ! bonne cuisine, et je suis auteur ! et de la gaîté ; j'ai donc fait cet ouvrage pour m'étourdir, et je n'ai pas d'autre réponse à faire à ceux qui ne me sauraient pas gré de mes soins. Ce n'est pas pour eux que j'écris.

Éloge du pet, Prononcé Dans la société des francs-péteurs

Difissa nate pepedi.

Profondément affligé de voir banni le pet loin de ces murs, s'éloigner de la société des hommes en gémissant tout bas, ma douleur s'est infiniment accrue, lorsque j'ai considéré que cette injuste proscription était contraire à la conservation de la république, et dans quel temps encore, respectables frères péteurs ? Dans un temps où, selon notre ancienne coutume, nous célébrons la fête du *Carnaval* et du *Carême-prenant.*

Est-il une action plus cruelle, plus déplorable, et plus susceptible d'arracher des pleurs, même à des yeux de fer, que celle de chasser d'un pays libre et de priver toute société, non seulement le conservateur de la liberté publique, mais encore, j'aurai le courage de le dire, l'auteur même de notre existence, l'arche de notre salut et les délices du peuple ; enfin, de le siffler, de le rassasier d'opprobres. Quoi ! il sera permis à d'autres pestes de différentes natures, telles que les filles, les escrocs, les voleurs et les juifs, d'infecter nos cités, tandis que le meilleur citoyen, celui dont il n'est personne qui ne vante les bienfaits, n'aurait pas même la permission de rester en *paix* dans ses foyers, et d'y respirer l'air natal ! Est-il bien possible que les hommes soient parvenus à un tel degré de folie et d'aveuglement, que déjà c'en serait fait de mon illustre et malheureux client, de son existence et de son nom, s'il n'avait trouvé dans votre sein, honorables membres de notre bruyante société, des hommes assez courageux, assez jaloux de leur liberté, pour vouloir défendre leur *franc-péter* contre la faction hypocrite et intolérante des *culs-serrés*, qui le proscrivent sans pudeur ?

L'entreprise la plus difficile sans doute, je l'avoue, est celle qui a pour objet d'arracher aux vils esclaves de l'habitude et des vieux préjugés érigés en opinion dominante, des coutumes bizarres qu'une longue succession de siècles a consacrées, mais comme l'expérience nous a pleinement démontré que l'ignorance et une aveugle jalousie opéraient chez les hommes la variabilité des idées, je veux m'écrier avec Mahomet et Voltaire :

« Je viens après mille ans changer ces lois grossières. »

J'ai donc conçu la possibilité d'une heureuse innovation, à la faveur de laquelle combattant et terrassant le préjugé qui, si longtemps, a jeté de l'odieux sur le pet, je veux le venger et lui rendre tous les honneurs qui lui sont dus.

Je me flatte même de réussir, lorsque je vous aurai développé, d'une manière claire et précise, sa naissance, son éducation, sa profonde connaissance dans les arts libéraux, les qualités de son esprit, l'éclat de sa vertu, sa dignité et la somme d'utilités qu'il présente dans les affaires tant publiques que particulières. Les torrents de lumière qui jailliront de mon discours et les richesses de mon érudition vont en un clin d'œil dissiper les épaisses vapeurs que la calomnie a osé amonceler contre lui, trop bien, hélas ! secondée dans ses barbares projets par la perfidie ou la stupidité de tous les cerveaux mal organisés. Permettez-moi de tousser, moucher, éternuer, cracher.

D'abord je pète, et j'entre en matière.

ANTIQUITÉ DU PET.
Son origine

Le premier objet qui se présente à mon esprit, mes chers frères, est l'antiquité du pet. Or, je le demande, quel est l'homme si borné, si lourd qu'il puisse être, qui ne conviendra que l'ancienneté du pet ne le cède en rien à celle de l'univers et des humains. Vous le savez comme moi, je n'avais pas besoin de le dire, mais j'ai la parole, laissez-moi faire de l'esprit. Je prouve donc.

Aussitôt que le suprême architecte de tout ce qui existe eut pétri de ses divines mains cette superbe bête à deux pieds, sans plumes, appelée homme, lorsqu'il eut soufflé dans le sein de cette masse, encore inanimée et inerte, cet esprit subtil et igné qui lui donna la vie et le mouvement[7], lorsque cette faculté d'exister eut besoin de se manifester au-dehors par l'exercice des fonctions animales, croira-t-on que le modeleur éternel ait ignoré le point le

---

[7] Les savants ne nous ont pas dit si l'Être suprême souffla dans la bouche d'Adam, pour l'animer, ou si ce fut dans son antipode ; cette question était pourtant aussi digne de leurs recherches que tant d'autres inutiles.

plus essentiel, et qu'il ait omis de donner à sa créature le moyen de pousser au-dehors l'air intérieur qui, intercepté dans les capsules, nuisait à la perfection de son ouvrage ? Ne voyons-nous pas le figuriste employer tous ses soins pour empêcher les globules d'air de se glisser entre le moule et la cire liquide qui doit se rassasier de l'empreinte ? Dieu pouvait-il ignorer ce premier élément de l'art de modeler ? Non, sans doute. Ensuite, le premier homme, qui ne savait pas encore rougir et ne connaissait pas les lois tyranniques de la civilité, a-t-il pensé, croyez-vous, à comprimer, à étrangler au passage, cet air qui ravageait son sein et cherchait impatiemment son issue ? Non, tout s'accorde à nous faire croire qu'il péta au nez de celui qui venait de lui donner l'existence, et que l'Être suprême, loin de s'en fâcher, fut si content d'avoir réussi que, pour récompenser son ouvrage, il forma le projet de lui donner une compagne. Observez donc, chers frères, que 1°) nous devons l'origine de la femme à un pet ; 2°) qu'Adam ayant pété avant que de parler, le pet est incontestablement plus ancien que la parole. Sentez bien mon raisonnement.

S'il vous fallait d'autres autorités pour vous convaincre que les premiers humains firent usage du pet bien longtemps avant qu'ils se servissent de la parole, j'invoquerais celle du savant Aristophane qui, dans sa comédie *des Grenouilles*, dit que les hommes, dans les premiers siècles d'une ignorance absolue, ne savaient faire autre chose que péter au nez de leurs concitoyens et faire même encore plus ; c'est-à-dire, pour parler proprement,

In os oppedere et merda sodalem fœdare,

comme faisait l'ange, chargé par le Très-Haut, d'apporter à déjeuner à Ézéchiel, qui, par parenthèse, devait faire grand cas du pet puisque ce qui le suit ordinairement ne lui déplaisait pas.

La généalogie du pet est si claire que, si l'origine ci-dessus établie ne vous convient pas, je vais lui en trouver une autre. La nature, sur ce point, fut encore moins parcimonieuse envers mon héros ; son origine fut illustre. Je ne m'étayerai point des prétentions hasardeuses de ceux qui le font descendre en droite ligne des *rectum* de Jupiter ou d'Orphée, nommés l'un *merdeux*, l'autre *fimo delibutus*, c'est-à-dire son synonyme. Tout le monde sait que ses auteurs sont de la noblesse la plus éclatante et la mieux acquise (ce qui est encore plus rare), quoique la tradition qui nous l'enseigne ait éprouvé des variantes et des critiques.

Aristophane, dans une autre de ses comédies, intitulée *Plutus*, le dit fils d'un potage composé de pois et de riz. Après avoir fait dire à Plutus : « J'avais mangé à moi seul la plus forte partie du potage », il lui fait ajouter : « Je pétai d'une force incroyable, tant mon ventre était enflé. »

Si on doit en croire Chamæléon, poète de Pont, le pet est fils de la fève. Il raconte à ce sujet qu'ayant vu certain jour un âne qui se bourrait de fèves, il eut une si grande envie d'en manger aussi que le désir seul lui en tint lieu et fit l'effet de l'aliment[8], chose merveilleuse et qui donne un terrible échec à tous les docteurs qui ont prétendu qu'il n'y avait pas d'effet sans cause. Ils m'objecteront que le rire a la propriété d'engendrer le pet, et dans ce cas je ne dispute plus ; j'aime autant voir mon héros fils du rire que des haricots ; père lui-même de la gaîté, comme je le dirai par la suite, il n'en est que mieux le digne fils de son père.

Télémachus d'Acharnie faisait des fèves sa nourriture habituelle afin de péter plus souvent, convaincu de la vérité de ce vieux proverbe, digne de l'école de Salerne :

---

[8] Voilà un homme bien aisé à nourrir !...

« Il faut pour vivre longtemps,
» À son cul donner force vents. »

Diphile, médecin de Siphnos, l'une des Cyclades, attribue aux raves l'honneur de la maternité ; Zénon, chef de la secte stoïcienne, l'accorde aux lupins ; c'est pour cette raison qu'ayant promulgué la loi qui accordait à tout le monde de tel âge, de tel rang et de tel sexe qu'il fût, la liberté de péter la plus illimitée, il fit plus, il voulut se nourrir continuellement de ce légume pour donner lui-même un exemple qui le rendit respectable. Je veux donc, pour n'être pas rebelle à l'autorité de tant de philosophes fameux, décerner le privilège de cette heureuse fécondité aux oignons, à l'ail, aux fèves, aux lupins, aux raves, au potage de pois et de riz, enfin à tous les autres aliments *pneumatiques*, pour me servir de l'expression grecque, ou *venteux*, si vous l'aimez mieux en français.

Il est bien important, auguste Aréopage, que vous connaissiez imperturbablement toutes les ramifications généalogiques de mon héros, afin que l'éponge de notre jugement efface pour jamais les taches dont la malignité de quelques hommes mal intentionnés essaierait de le couvrir. Gardons-nous surtout d'assimiler ou de confondre le pet pour lequel je parle avec cet atome de pet, débile et maigre production de la *polente*[9] ; celui que Plaute a livré à l'ignominie, sur la scène de Rome, dans la comédie qui a pour titre : *Curculio*, et dont la parenté, un peu éloignée à la vérité, si toutefois elle existe, peut déshonorer notre héros ; car il n'est pas fait encore pour paraître sur la scène, quoique, au rapport de Plutarque, les rois de Chypre aient fait la même chose à leur retour en Phénicie, lorsque Alexandre le Grand y étala orgueilleusement la pompe du triomphe. Pourquoi notre héros n'aurait-il pas les honneurs du théâtre, où il ne s'est encore glissé qu'*incognito*, puisque l'on y crache, que l'on y tousse, que l'on s'y mouche, etc. ? Néron, Héliogabale et autres empereurs n'ont-ils pas aussi joué la comédie ? Auguste n'a-t-il pas déclaré que les acteurs étaient exempts du fouet ? Tite-Live nous assure que l'histrionage ne déshonorait point dans la Grèce. Macrobe va plus loin. Nulle part les acteurs n'ont été flétris par le préjugé. Mais supposons qu'il en ait été autrement : l'opprobre, s'il existait, ne doit frapper que ceux qui se donnent en spectacle sur les planches sans y être forcés ; or, ce reproche ne pourrait être rai-

---

[9] La polente est une bouillie faite avec de la farine d'orge brûlée. Elle est encore en usage dans plusieurs contrées d'Italie.

sonnablement fait à mon client, puisqu'il y a été conduit par violence, et mis en action contre son gré, par un être de la plus vile condition, par un glouton, un parasite effronté et un plat bouffon.

Il est, par exemple, extraordinairement difficile de résoudre une question qui a été longtemps agitée et toujours sans succès : il s'agit de donner à mon héros un corps, une figure, de déterminer sa taille, son port et sa couleur. Il faudrait pour expliquer tout cela se servir du ministère d'un coq amoureux, et employer celui qui, pardonnez-moi le terme, répand autour de lui les émanations les plus sensibles à l'odorat, et étale avec plus de magnificence la pourpre éclatante de son plumage. Cependant si, dans un doute de cette espèce, il est permis de recourir aux conjectures, nous devons présumer, eu égard à la très petite ouverture de son logis, par laquelle il passe pourtant encore très à l'aise, nous devons, dis-je, croire qu'il est très maigre et très fluet. Nous pouvons sur ce point nous en rapporter au témoignage de Catulle, de ce poète charmant, le plus joyeux et le plus plaisant des beaux esprits, à qui la nature bienfaisante avait donné une vue si bonne et si perçante, qu'il a pu voir le pet subtil et presque insensible de Libon[10].

---

[10] « *Subtile et leve peditum Libonis* », Catulle.

Ô le plus fortuné des citoyens de Vérone ! tu as eu l'honneur de voir en face notre invisible héros ! Hélas ! aucun de nous n'a eu ce privilège glorieux et digne d'envie. Nous sommes trop profanes. Que dis-je, nous !… disons plutôt que, de mémoire d'homme, les dieux n'ont fait cette faveur à aucun être vivant.

Quant à son idiome, frères péteurs, c'est un autre prodige. Semblable au saint Jean de l'Évangile, à nos docteurs en théologie et à beaucoup de nos orateurs modernes, tout le monde l'entend, personne ne peut le comprendre. Dans quelque contrée de la terre que vous l'entendiez, vous verrez avec étonnement qu'il parle dans un dialecte étranger et totalement hors de portée de l'intelligence humaine, ce qui déconcerte tous les savants qui prétendent savoir toutes les langues, et le père Bougeant lui-même, qui a si bien expliqué celle des oiseaux. C'est au point que j'ai de la peine à convenir qu'Aristophane lui-même l'ait entendu et compris, lui pourtant qui causait bien familièrement avec lui et le quittait bien rarement ; il dit dans sa comédie des *Nuées* :

> « Mon potage fait, dans mes entrailles, un bruit de tonnerre ; c'est un fracas épouvantable, qui d'abord s'annonce par le son de *pappax*, bientôt il redouble et l'on

entend *pa-pap-pax* ; et enfin, quand je suis sur la chaise, c'est l'explosion terrible du *pa-pa-pap-pax.* »

Or : ces paroles, pleines de l'harmonie descriptive, ce n'était pas devant quelques imbéciles, devant une poignée d'Allemands épais et grossiers, que le sublime Aristophane les proférait, mais bien devant le sage et immortel Socrate, qui goûtait ces choses bien mieux que nous. Il est donc évident, frères péteurs, que le pet a un dialecte à lui seul et une éloquence qui lui est particulière. C'est donc avec une souveraine injustice que ses détracteurs, pour le perdre dans l'esprit des hommes, l'accusent d'une bavarderie insignifiante, et nous-mêmes d'une torpeur coupable et d'un défaut de sentiment. Laissons, frères péteurs, ces hommes sans goût, déblatérer sans cesse contre notre héros, et l'accuser de prononcer difficilement, de bégayer et d'avoir la langue pesante. Certes, il a trois dialectes bien distincts. À son enfance, c'est *pa-pax.* À son adolescence, c'est *pa-pa-pax.* À sa maturité, c'est *pa-pa-pap-pax.*

Ce n'est pas une médiocre entreprise, pour la défense de notre client, que de faire voir qu'il a reçu par son éducation tous les principes de la pudeur, de l'honnêteté, et que ses mœurs irréprochables répondent à cette éducation. Ce n'est pas au milieu de la pompe et du bruit des affaires publiques que sa modestie est à l'aise, non ; il ne se plut jamais que dans la solitude du cabinet, éloigné du tumulte des cours et des bruyantes assemblées : « Il s'est exilé du barreau » et des palais somptueux des citoyens puissants. »

Il savait trop combien il est important de se mettre à l'abri du froissement des affaires publiques, des haines civiles et des autres dangers qui nous environnent, pour ne pas se contenter des douceurs de la vie privée, comme Curtius, et vivre sagement pour lui-même et non pour des ingrats. Ajoutons à cela, qu'il était assuré d'être plus utile à la république (ce qui équivaut bien à la puissance) s'il se dérobait à l'avide et maligne curiosité des scrutateurs de ses habitudes particulières, et n'occupait les oreilles de ses citoyens que dans la juste proportion de ses forces. C'est ce prudent amour de l'obscurité qui l'a décidé à préférer, pour demeure, les bains, les boudoirs et les endroits les plus reculés d'un logis, enfin les lits, comme le pet du jeune homme qu'Aristophane nous représente enveloppé de cinq couvertures.

Si nous considérons sa moralité, sa bienveillance envers les citoyens, n'est-elle pas la plus signalée ? Je passe sous le silence tous les services précieux qu'il a prodigués à tout le monde. Qui de vous, frères péteurs, serait assez ingrat, assez dénaturé, assez ignorant, assez effronté pour révoquer en doute la reconnaissance qu'il a méritée de vous, de vos femmes, de vos enfants, de votre domestique, de notre république, en un mot de tout le genre humain ? Ses bienfaits sont si notoires que, non seulement les nations les plus éloignées et les plus barbares avouent ce qu'elles lui doivent de gratitude, mais encore les animaux que leur instinct et leur nature portent à le chérir. En effet, la truie entend-elle le pet, elle accourt soudain, à son bruit, pour lui demander sa nourriture.

Quoique l'amour de la solitude l'ait séquestré, il ne rougit pourtant pas de se permettre quelque distraction, et de se glisser quelquefois dans les assemblées publiques, pour s'y délasser, s'y mettre à son aise, et y apporter le rire et la gaîté, qu'il partage avec ce qui l'environne. Là, il se donne carrière au milieu de l'allégresse générale ; il se plaît au milieu de ces éclats du gros rire, qui bien souvent brise la barrière derrière laquelle il était caché. C'est ce qui m'autorise à croire que l'immortel Démocrite, le plus grand rieur de l'univers, sans contredit, en devait être par la même raison le plus intrépide péteur.

L'austère Brutus et l'éloquent Cicéron n'étaient pas plus jaloux de la liberté que notre héros ; car si l'on veut l'asservir ou l'emprisonner, il soulève les pierres, brise les obstacles, les liens et les chaînes ; il se fait jour enfin, en faisant obéir les portes qu'on avait le mieux fermées.

Si nous voulons détailler les facultés intellectuelles du pet, et la culture de son esprit, nous le trouverons certainement très versé dans tous les genres de sciences et d'arts libéraux. Un seul exemple va prouver combien il était éloquent. Un jour que Métroclès, frère d'Hypparchie[11] et disciple de Théophraste, était concentré dans la méditation, il arriva, je ne sais comment, qu'ayant laissé échapper un pet, il rougit et en eut tant de honte et de chagrin, qu'il s'enferma chez lui dans la ferme résolution de se laisser mourir de faim. Le philosophe Cratès, son beau-frère, en ayant été informé, se rendit auprès de lui après avoir eu la précaution de manger des fèves et des lupins en abondance. Il fit tomber la conversation sur un sujet propre à faire diversion à la gravité de Métroclès, lui disant que ce serait une chose absurde et inouïe qu'il ne fût pas permis d'obéir à la

[11] Ce Métroclès qui rougit pour un pet est bien différent de sa sœur qui, éprise pour le dégoûtant Cratès, non seulement pétait bien en compagnie, mais faisait en public ce que n'osait faire au lit avec sa femme le pudibond Louis XI. Voyez l'édition que j'ai donnée des amours d'Hypparchie et Cratès. 1 vol. *in*-18.

nature et qu'on dût se séparer de la société parce qu'on a donné libre cours à un peu d'air. À la fin de son discours, l'orateur lui-même lâche un pet énorme pour joindre l'exemple au précepte et consoler Métroclès en lui associant un coupable. Le remède fit merveille. Cratès, depuis ce temps, l'entendit, et Métroclès, rendu à ses études, fit les plus grands progrès dans la philosophie. Ô pouvoir étonnant de l'éloquence ! Exploit digne d'une immortelle gloire ! Cratès savait bien que toutes ses paroles n'auraient aucun poids s'il ne les accompagnait pas de l'invisible éloquence du pet. Personne ne doutera que le fameux philosophe Cratès ne se fût approvisionné des raisonnements les plus victorieux en entreprenant de combattre Métroclès, et pourtant toutes ces dépenses étaient en pure perte si la vertu du pet ne fût venue à point donner de l'action et du mouvement à la langueur des lieux communs et des verbiages oratoires. Un seul monosyllabe, un seul son fit ce que Cratès n'eût pu opérer avec la plus riche et la plus vaste réunion de sentences.

On doutera moins encore que le pet n'excelle dans l'art musical, si l'on veut bien lire le livre de saint Augustin, évêque d'Hyppone, *De la cité de Dieu*, où il dit :

« [qu'] il est beaucoup de gens qui ont l'art de faire des »pets si cadencés, si harmonieux et à volonté, qu'on »serait tenté de croire qu'ils chantent par cette partie de »leur corps, et ce qui est plus étonnant, ces pets n'ont »aucune odeur, aucune suite désagréable »[12].

On peut associer à ces musiciens de nouvelle espèce, ce Germain qui accompagna Maximilien César et Philippe son fils à leur arrivée en Espagne. Il n'y avait aucun chant qu'il n'exécutât avec l'antipode de sa bouche. Aristote nous assure que la tourterelle pète fréquemment quand elle chante, ce qui a donné lieu au proverbe : « la tourterelle chante », lorsque quelqu'un donne carrière à son postérieur. Nicarque a dit aussi fort à propos, qu'il y a dans le pet une certaine mélodie confuse et naturelle.

Tous ces avantages, frères péteurs, seraient d'une médiocre importance à l'histoire et à la gloire de mon héros, s'ils étaient privés de cette vertu qui régit les mœurs et devient la modératrice de toutes les actions humaines. Mon client est si richement doué des belles qualités du cœur, et des vertus sociales, qu'on

---

[12] Voyez le *Naudaeana*, pp. 102 et 103, Paris, 1701, *in*-12. *Fr. Roger au voyage de la Terre sainte*, p. 230, et *Les Essais* de Montaigne, liv. 1er, chap. 20, p. 62 de l'édition *in*-8°.

est tenté de le regarder comme un prodige. Un trait de sa reconnaissance s'offre à mon esprit : il est sans exemple qu'il ait jamais fait du mal à celui qui le laisse aller librement, tant il est scrupuleux observateur de la justice et du droit des gens. Semblable à Apollon, *ennemi des méchants*, il sauve du danger quiconque est travaillé par un tumulte intérieur et une plénitude fatigante qui menace ses jours.

Qui ne sait pas que le pet est surtout recommandable par son respect pour la religion, cette mère de toutes les autres vertus ? Télémaque d'Acharnie, pour l'avoir toujours à ses ordres, lui prodiguait les aliments qui lui sont les plus agréables, et ne mangeait tous les jours qu'une marmite de haricots, et cela, dans la seule vue de célébrer par l'harmonie du pet la fête annuelle des mangeurs d'haricots[13]. Ô monument éternel de la religion ! mais pourquoi ne citer que Télémaque ? Les femmes de l'Attique ne trouvèrent aucun encens, aucun parfum plus digne d'être offert à l'honneur d'Apollon que l'odeur suave du pet. Et pour que les thuriféraires ne se trouvassent jamais en défaut, il fut prescrit par une

---

[13] Elle se célébrait à Athènes au mois d'octobre.

loi rigoureusement exécutée, que les habitants ne se nourriraient rien que de légumes.

On ne peut trop admirer ici la sobriété du Pet, et combien il est aisé de le nourrir. Heureux avec de l'ail, des lupins, des raves, des oignons, des féveroles et autres mets vils et abjects de cette espèce, il devient fort et vigoureux ; il méprise les mets somptueux et recherchés du luxe et de l'opulence, qui l'énerveraient et le mèneraient au néant.

Nul être vivant ne possède au même degré que mon client, cette imperturbable équité qui consiste à donner à chacun ce qui lui appartient, et à venger sévèrement les injustices. S'il prend à quelque personne la coupable fantaisie de le comprimer, de l'étouffer et de l'arrêter dans sa marche, lorsqu'il veut sortir, il est si jaloux de jouir de tous ses droits, si ardent à défendre sa liberté, qu'il donne de la torture au téméraire et pousserait son courroux jusqu'à lui donner la mort. Je citerais, frères, mille exemples de ceci, mais je crois plus sage de les passer sous le silence, pour ne pas vous ennuyer. S'il veut en agir plus humainement, la vengeance qu'il tire de cette audace, quoique plus douce, n'efface pas moins son injure. Car, si après avoir fait tous ses efforts pour le neutraliser, en lui opposant une porte bien fermée, on a réussi, il arrive que si, pour amortir sa violence et suspendre sa course, on entrouvre tant soit peu la porte, alors, nouveau Protée, mon client change de sexe, la mèche est éventée, le crime découvert et une odeur, que le pet n'eut jamais, annonce qu'il y a plus que du vent.

Mon client soutient si bien son pouvoir et sa dignité que s'il aperçoit que quelque plaisant veuille faire ses gorges chaudes à ses dépens et le mépriser, il devient furieux, jusqu'à ce qu'il ait fait subir à l'insolent la peine du talion. Je citerai pour exemple l'anecdote intéressante que Frédérick Dedekind[14] a décrite ainsi qu'il suit.

> « Un grand orateur avait été envoyé en ambassade auprès d'une nation étrangère. Il avait à faire briller son éloquence devant un cercle de dames et de demoiselles d'honneur qui entouraient la princesse devant laquelle il parlait : lorsqu'il fut question de commencer sa harangue, la timidité et l'inquiétude s'emparèrent de son âme, et il tint les yeux baissés vers la terre. Il se remet néanmoins, et avant d'ouvrir la bouche, il salue, comme c'est l'usage. Mais tandis que le pauvre diable se courbe

---

[14] Frédérick Dedekind, Allemand, publia dans le seizième siècle un ouvrage dans le goût de *L'Éloge de la folie*. C'est un éloge ironique de l'impolitesse et de la grossièreté, intitulé : *Grobianus, sive de incultis moribus et inurbanis gestibus*, Francfort, 1558, *in*-8°.

> trop, cette posture donne passage à un vent de bonne taille. Il ne se déconcerte cependant pas, et sans rougir, il poursuit gravement son discours. L'auditoire fait semblant de ne pas avoir entendu le fugitif, excepté une jeune fille qui ne put s'empêcher de rire. Mais hélas, tandis qu'elle ne songe qu'à se donner carrière aux dépens de l'orateur, elle oublie elle-même de serrer les fesses, et tousse adroitement un pet si doux, si harmonieux, qu'on l'eût pris pour le son d'une lyre. L'orateur, qui l'a entendu, quittant son sujet pour couvrir sa propre inadvertance, parle ainsi à cette assemblée de demoiselles : "Allons, mesdames, continuez, chacune à votre tour, ne vous gênez pas car cela fait beaucoup de mal, et lorsque mon tour reviendra, je m'acquitterai bien de cette besogne." La demoiselle qui avait d'abord ri, rougit jusqu'au blanc des yeux, et ne sut plus de quel côté tourner ses regards. L'assemblée entière partit unanimement d'un grand éclat de rire qui acheva de la décontenancer et la harangue n'alla pas plus loin. »

Vous voyez, pères péteurs, combien mon client fut prompt et sévère à punir l'insolente femelle qui s'était si bien amusée à ses frais, sans réfléchir que pareil malheur pouvait lui arriver. Qui est-ce qui n'a pas été à portée de se convaincre de la magnanimité, de la sublimité d'esprit de mon client ? Aussitôt qu'il voit qu'un de ses compagnons est timide et tremblant, on le voit honteux de tant de couardise, tout entreprendre pour abandonner un indigne collègue, pour ne point paraître complice de sa poltronnerie et de sa pusillanimité. C'est ce qu'a éprouvé cette vieille dont parle Aristophane dans *Plutus*, à qui la crainte faisait lâcher des vents plus puants que pets de chat, et l'homme qui vessait de peur, au rapport de Lucien. Voyant Aratus de Sycione tremblant et chancelant à l'approche d'une bataille, il aima mieux l'abandonner que de supporter la perte de sa propre estime, c'est au moins ce que nous rapporte Plutarque dans la vie de ce citoyen. Mais ce courage n'est rien, mes chers auditeurs, auprès de ce qu'il fit, lorsque voyant le dieu Priape lui-même épouvanté par la présence de quelques vieilles sorcières, il le chassa de sa société, pétant d'une si grande force, au rapport d'Horace, que l'on eût cru que c'était une outre que l'on crevait.

L'empereur Claude[15] a reconnu l'utilité du pet dans une république, et combien la santé des citoyens souffrirait de son absence, s'il ne lui accordait le droit de bourgeoisie, après un long exil de la cité, et ne le remettait pour ainsi dire à l'endroit d'où on l'avait enlevé. Non seulement il fut réintégré dans les droits

[15] Voyez Suétone, *Vie de Claude César*, chap. 32, p. 274, *edit. Patini.*

de citoyen, mais encore admis aux *banquets publics*, et aux *fêtes nationales*. L'empereur exécuta ce qu'il avait longtemps médité, et un arrêt fut rendu, par lequel il était permis de donner l'essor et la liberté aux pets dans les festins. Certes, l'honneur d'être rappelé d'exil par un décret n'avait encore été fait à personne. Mais, hélas ! lorsque la cruelle mort eut enlevé à l'empereur romain le plus sage, la gloire qu'un tel édit lui avait faite, mon client fut encore obligé de se séquestrer de la société et du commerce des hommes, au grand détriment de l'existence publique. Car enfin, s'il avait été conservé dans la jouissance de tous ses droits, et, si j'ose m'exprimer ainsi, dans les entrailles de la république, une foule d'incommodités ne nous aurait jamais assaillis. Claude avait été poussé à faire cette action de justice par les cris unanimes et le danger de tous les citoyens, et il n'avait pu se refuser à leur instance. Il se montra tellement le protecteur et l'ami de mon héros, que l'usage de la voix l'abandonna, avant la faculté de mettre mon client en action. J'ai pour garant de cette assertion Sénèque, qui, dans l'apothéose de Claude, conte que lorsque cet empereur rendit le dernier son de voix, on ne s'en aperçut que par un son épouvantable sorti de la partie par laquelle il s'exprimait le mieux.

Le pet n'est-il pas précisément l'air que nous

respirons ? N'est-ce pas cet air-là que le chasseur Céphale, couché sous un arbre, sollicitait si amoureusement ? Céphale n'adressait point ses vœux à ce souffle léger du zéphyr, qui caresse les fleurs et diminue la chaleur de l'atmosphère, mais bien à l'air que l'exercice et l'agitation de son corps avaient fait résonner au-dedans de lui-même, et qu'à force de caresses et de prières, il voulait attirer au-dehors. Voilà ce qui excita la jalousie de Procris. Eh quoi ! pères péteurs ! vous paraissez incrédules ? vous remuez la tête : c'est à tort. Eh bien, opposez-vous à son impétuosité, fermez-lui tout passage et vous éprouverez certainement que l'homme ne peut pas se passer de son ministère : je ne parle pas seulement de cet air bruyant et mélodieux, mais de celui qui s'échappe tout doucement et fait ses évolutions sans tambour ni trompette. Vous avez beau dire, aucun de vous ne vivrait un seul jour sans lui. C'est à lui que nous devons rapporter entièrement la conservation de nos familles, enfin une foule d'avantages que nous ne pouvons nier sans nous rendre coupables du vice honteux de l'ingratitude. À quoi bon citer tous les bons offices qu'il nous rend dans le cours de notre vie privée ?

Aristophane, dans sa comédie des *Nuées*, a dit : « Mon derrière est une trompette », et le mot est passé en proverbe. Or, je vous le demande, à quoi servirait la trompette, sans l'être qui peut en sonner ? À quoi bon cette trompette, si le pet ne la remplissait de vent ? Je me souviens d'avoir vu et entendu certain bossu qui avait si bien le pet à commandement que, sans faire aucun effort, non seulement il en faisait tant qu'il voulait, mais qu'il les graduait comme le chant, les rendait aigus ou flûtés, forts ou presque insensibles. Il y a plus, il imitait avec eux les sons de la trompette et du clairon, il donnait le signal du combat, celui de la charge et celui de la retraite, comme s'il eût été en présence de l'ennemi.

Aucun de nous ne niera l'urgence de se procurer la vie et des moyens de la gagner. Eh bien, une infinité de gens doivent à mon héros leur existence et leur fortune. J'en vais donner un exemple. Il y avait à Anvers un tabellion d'Amsterdam qui, toutes les semaines, voyageait, tantôt d'un côté, tantôt d'un autre. Ceux qui ont vécu dans sa familiarité racontent qu'il était si versé dans l'art de péter, qu'il le faisait comme et autant de fois qu'il le voulait, sans en rougir et sans jamais se tromper. Un jour qu'il s'agissait de payer une mesure de la plus excellente bière, il convint avec son compagnon qu'elle serait le prix de celui des deux qui ferait le plus de pets, en montant la tour *Marianne*, qui est de la plus grande hauteur. Des arbitres sont appelés, et les concurrents sont en marche. À chaque degré de cette tour, qui en a six cent vingt-trois, le tabellion fit un pet, et dit qu'il était prêt à en faire autant en le descendant, si son adversaire voulait parier une autre mesure. Mon héros lui valut donc l'avantage d'apaiser sa soif, sans altérer sa bourse. Il pouvait arriver que le tabellion, épuisé de chaleur et de soif, se trouvât dépourvu de finances, et le pet lui fut très utile.

Je connais un mendiant, gueux de profession, qui, sachant donner à ses pets la cadence et les variations musicales, se sert de ce moyen pour gagner sa vie, en attrapant l'argent des curieux. On prétend qu'il y a des personnes qui se servent du pet comme d'un éventail et d'un soufflet. Un homme de qualité étant à dîner avec un de ses amis, l'invita à se donner de l'air lorsque les domestiques qui servaient à table furent congédiés. Celui-ci s'en défendit, alléguant qu'il avait une manière toute particulière. « Eh bien, » dit le maître du logis, faites-le à votre mode, comme » vous l'entendrez. » Le convive, usant de la permission, leva la cuisse droite et fit un pet, disant qu'il n'avait pas d'autre manière de se rafraîchir.

Rien n'est plus efficace que mon héros, pères péteurs, contre les sorts, les enchantements, les philtres et les amulettes. Son bruit a la vertu d'épouvanter les sorcières, les magiciennes et les empoisonneuses. On en voit un exemple dans Horace. Lorsque Canidie et Sagana évoquaient les ombres et exerçaient dans un jardin, les affreux mystères de leurs noirs enchantements, en présence de Priape, ce dieu rempli de crainte fit un bruit semblable à l'explosion d'un pet ; alors vous eussiez étouffé à force de rire, en voyant l'odieux sacrifice interrompu, les sorcières épouvantées fuir à travers la ville ; Canidie en courant laissait tomber ses dents, Sagana sa haute coiffe, et toutes deux les herbes et les bandelettes enchantées qu'elles avaient sur les bras.

Il est démontré par l'expérience et par l'usage de plusieurs siècles, pères péteurs, que ceux qui font le plus de cas du pet et lui donnent la plus grande latitude possible sont bien récompensés de leur amitié pour lui, par une vie très longue. Zénon de Chypre lui-même, ce chef de la secte stoïcienne, qui décréta qu'il était aussi permis de péter que de roter, atteignit l'âge de soixante-douze ans sans avoir jamais éprouvé la moindre indisposition ; il aurait vécu un siècle s'il ne s'était pas étranglé lui-même, pour terminer les douleurs que lui causait une chute dangereuse qu'il avait faite. Cratès, ce philosophe cynique qui consola Métroclès et le rendit à ses travaux, comme nous l'avons raconté précédemment, mourut dans l'âge le plus avancé, ou plutôt s'éteignit comme une lampe. Métroclès lui-même, frère d'Hypparchie, et qui, au rapport de Laërce, donnait amplement carrière à mon héros pendant ses méditations philosophiques, ne mourut que parce que, las de vivre, il se fit étouffer pour n'avoir pas les incommodités de la décrépitude.

De nos jours, les Anglais ont bien rendu justice au pet, puisqu'au rapport de Furetière, tome 2 de son *Dictionnaire universel*, un vassal, dans le comté de Suffolk, devait faire devant le roi, tous les jours de Noël, un saut, un rot et un pet.

À quatre ou cinq lieues de Caen, un particulier, par droit féodal, a longtemps exigé un pet et demi par chacun an. On voit encore dans certains cabinets d'antiquaires des figures égyptiennes du dieu Pet, adoré à Pelouse. — Voyez *Chompré*, au mot *Crepitus ventris*.

Ah ! pères péteurs, il y a bien longtemps que la race utile des portefaix et des forts de la halle serait éteinte, si le secours de mon héros ne les rafraîchissait et ne leur donnait la force de supporter leurs charges. Aristophane, dans ses *Nuées*, nous parle de Xanthias, qui, près de succomber sous un fardeau trop pesant, invoque l'assistance du dieu Pet, en disant : « Ma » charge est si forte que, si quelque âme charitable ne » vient me soulager, il faut que je pète. »

Petronianus Corax, homme de la même profession, se trouvant trop peu de forces pour porter un fardeau et recourant au pet pour retrouver de la vigueur, levait la jambe avec facilité et lâchait un vent sonore, qui répandait sur la route un tourbillon de vapeurs méphitiques. Je ne suis pas le premier qui ait fait de l'utilité du pet la matière d'une ample et sérieuse dissertation ; des érudits célèbres l'ont faite avant moi. Martial cite Symmaque en ces termes : « J'aimerais » mieux t'entendre péter, car Symmaque dit que c'est » une chose tout à la fois salutaire et qui provoque le » rire et la gaîté. »

J'ajouterai à ceci ce que Nicarque a dit autrefois : le pet conserve ; et de même que les Grecs avaient coutume de dire à quiconque éternuait : « Que les » dieux te conservent ! », nous devons dire avec bien plus de raison à celui qui est travaillé par une colique venteuse : « Que le pet te conserve ! »

C'est donc une chose inouïe que cette haine, cette jalousie de quelques gens dépourvus de sens, qui, comblés des faveurs de mon héros, et devant lui vouer la plus vive reconnaissance, je ne sais par quelle fatalité attachée à lui seul, méprisent et sa personne et jusqu'à son nom. S'ils sont par hasard obligés de parler de lui, on les entend préluder par cette phrase banale : « Sauf » votre respect ! » Ô dieux immortels ! dans quelle ville vivons-nous ? dans quel siècle ! Ils trouvent du mal dans la chose, ils en trouvent dans le mot ! On trouve le pet une chose honteuse ! Certes, ce sont eux-mêmes qui devraient être honteux, ces ennemis de la vie des hommes et de la liberté publique ! Tullius, ce modèle de l'éloquence romaine et qu'on peut appeler le père et le prince des orateurs, a donné le nom de modestie à la liberté des paroles, assurant que cette opinion lui est commune avec Zénon. En effet, les Stoïciens avaient établi en principe que chaque chose doit s'appeler par son nom ; de là cet apophtegme de leur école : « Le » sage parlera bien. » Ils avaient sagement conclu qu'aucune expression n'est par elle-même ni déshonnête ni obscène. Quel est donc le délire de ces impies qui aiment mieux parler énigmatiquement et à mots couverts, que de se rendre intelligibles ! Aimerions-nous mieux l'autorité de ces profanes insensés, que celle des respectables Stoïciens ? Qu'ils ne l'espèrent pas. Que dirai-je encore de la folie de ces autres qui, se montrant favorables à mon héros, injurient d'une manière horrible, maudissent et donnent au diable sa taciturne sœur. Eh, pour quelle raison ? Parce qu'elle s'attache plutôt au nez qu'aux oreilles ; et qu'elle se glisse sans bruit, comme les sicaires, sans qu'il soit possible de se défendre contre elle. Les Grecs l'ont nommée *Dolon*, ou *Deolon* pour la distinguer de son bruyant et libre frère, auquel ils ont donné le nom de *Porden*[16].

Mais ceux qui blâment cette sœur ne font-ils pas autant de mal que s'ils intentaient un procès criminel à la discrétion, à la modestie et à la taciturnité, vertus dont les philosophes de l'Antiquité avaient fait la base de leur sagesse. Ô temps ! ô mœurs ! ô siècle déplorable dans lequel la vertu même est érigée en crime ! On outrage le respect, la politesse, tandis qu'on devrait les combler d'éloges ! Y aurait-il immodestie et impudence égales à celle d'interrompre un grave entretien par un bruit soudain, qui scandaleusement provoque les éclats de rire, et décontenance l'orateur ? Non, certes, et vous avez la méchanceté de donner à cette prudente sœur les épithètes de grossière et d'irrévérente, lorsqu'elle est au contraire très polie et très respectueuse ?... Que puis-je ajouter, si j'ai réussi à les convaincre de l'injustice des calomnies accumulées sur mon client ! N'ont-ils pas essayé de couvrir d'opprobre sa personne, sa moralité et ses habitudes, en les taxant de grossièreté et d'indécence ? Cette sœur injustement calomniée me paraît au contraire abonder dans leur sens, si ce mot du sage Bias est vrai : « Le silence est une vertu louable,

---

[16] L'ancien saxon *purten* ou *furten*, le haut allemand *fartzen*, et l'anglais *fart*.

» dans ceux dont la vie est impure et scandaleuse. » Pythagore disait aussi : « Tais-toi, ou donne-nous » » quelque chose de meilleur que le silence. » Or, que dirait-elle qui valût mieux que sa taciturnité ? S'ils m'objectent que ce vent incommode et blesse l'odorat, je répondrai qu'il a cela de commun avec une nation entière, celle des Parthes, qui ont tous l'haleine forte. Il pourrait dire, ce que jadis Euripide répondit à Decamnichus, qui lui reprochait ce même défaut : « Je ne fais pas grand bruit, *mais je conserve beaucoup en moi.* »

Je mériterais, sans contredit, d'être regardé comme un avantageux, un téméraire, si je prétendais, pères péteurs, à la gloire de n'oublier aucune des qualités de mon héros. Les anciens avaient de lui une si haute idée, qu'ils ne trouvèrent pas de symbole plus vrai, plus sûr pour consacrer l'amitié, que la présence et la liberté de mon client, ce qui a fait dire à Martial : « Je ne vois » pas de meilleure preuve, Crispus, de l'amitié que je » te porte, que ton habitude de péter en ma présence. » Il fut aussi chez eux le symbole de l'opulence. Péter équivalait chez eux à faire parade de ses richesses, ce qui est confirmé par ce proverbe : « Il est mort en pétant. » C'est encore ce qu'entend Chrémylas, dans le *Plutus*, lorsqu'en parlant d'Argire, le plus riche citoyen d'Athènes et le plus grand péteur, il dit : « N'est-ce pas » son opulence qui l'enhardit à tant péter ? »

Nicarque, le plus ancien des auteurs d'épigrammes, voulant laisser à la postérité un digne éloge du pet, ne trouva rien de plus convenable à sa dignité, à sa bienfaisance et à son autorité, que de le comparer à la majesté royale. C'est ainsi qu'il s'exprime : « Le pet » cause la mort à une infinité de gens, lorsqu'il ne » peut faire son explosion ; il les conserve, quand il » s'échappe à plusieurs bonds. Or, s'il a droit de vie et » de mort sur les humains, pourra-t-on ne pas convenir » que son pouvoir égale celui des plus grands rois ? »

Aristophane nous raconte qu'un citoyen voulant honorer son dieu trouva plus honorable de saluer la divinité avec un pet qu'avec des paroles, « car » aussitôt, dit-il, que je sentis l'approche de la » divinité, je pétai d'une force miraculeuse. » Les humains crurent qu'ils ne rendraient jamais à mon héros la somme des honneurs qu'il mérite, s'ils ne l'élevaient pas aux suprêmes honneurs de l'apothéose. C'est pour cette raison que les Égyptiens, le peuple le plus sage et le plus religieux de l'univers, le placèrent sur l'Album[17] ou tableau de leurs dieux, et lui

---

[17] L'Album était une table blanchie sur laquelle les souverains prêtres, à Rome, écrivaient les choses les plus remarquables qui se passaient chaque année. C'était aussi un tableau sur lequel on écrivait les noms des magistrats et des officiers.

décernèrent des autels, des temples, des sacrifices et des petits lits sur lesquels on plaçait son simulacre. Si quelqu'un, affligé d'une colique de vents, avait eu le bonheur de s'en tirer par le secours de mon client, et d'échapper par là à une mort certaine, pénétré de reconnaissance, il suspendait en *ex-voto*, dans la chapelle de ce dieu indigène, un tableau où étaient gravés ces mots :

Crepitui ventris conservatori
Deo propitio
Quod auxilio ejus periculo liberatus
N. N. M. F. beneficii memor
Votum solvit et de suo P.

C'est-à-dire :

Au Pet conservateur,
Divinité secourable,
N. (untel) délivré du péril
Par son secours
Et reconnaissant,
A offert ce vœu, de son argent.

Vous ferai-je, pères péteurs, l'énumération des hommes illustres et révérés de la postérité qui ont joint à leur nom de famille celui de *pedo*, qui en latin signifie *péter*, comme pour associer leur arbre généalogique à celui de mon héros. Parmi eux se distingue l'antique et noble famille des Pedo : Pedo Albinovanus, Pedonius Costa, Pedanius Secundus, Asconius Pedianus, Pedius Consularis, Pedius Blœsus, Pedius surnommé *Quintus*. L. Peduceus, Sextus Peduceus, M. Juventius Pedo, M. Creperejus. Vous dirai-je combien de cités et de peuples ont emprunté leur nom du sien ? Combien de plantes et de fruits, comme le *galeobdolon*, dont les feuilles triturées dans la main ont l'odeur d'une vesse de fouine, et l'*onoperdon* qui a la propriété de faire péter les ânes qui la mangent ? à combien de proverbes il a donné lieu, tels que ceux-ci : « Mes pets ne sont pas de l'encens. — Un pet ne » sent jamais mauvais pour celui qui le fait. — Je » tousse quand je pète. — Tu pètes comme un mort. » — C'est péter devant un sourd », et mille autres qui doivent leur origine et leur gloire à leur analogie avec mon héros ?

Quoique toutes ces considérations soient suffisantes pour transmettre sa gloire à la postérité la plus reculée, je croirais pourtant encore avoir oublié d'ajouter un fleuron à sa couronne, si sa destinée n'était pas aussi celle de tous les auteurs ou ennemis de la félicité privée. Car telle est la condition des choses humaines, que les plus belles actions, les plus rares talents, et la puissance, sont presque toujours en butte à la haine et aux coups de la plus basse envie. De là vient, je ne sais par quelle fatalité, que bien loin de traiter notre héros avec le respect qui lui est dû, on est assez méchant, assez injuste, pour se déchaîner contre lui d'une manière outrageante, au mépris de la pudeur et de la bienséance. On fait surtout un crime à mon accusé d'affecter vilainement l'odorat des assistants, de s'échapper (comme on dit) sans compter avec l'hôte, lorsqu'on veut le comprimer, et de causer une très grande honte à son gardien. Serait-ce avec raison qu'on le traiterait de fuyard et de vagabond, parce qu'impatient du frein et jaloux à l'excès de sa liberté, il s'échappe sans que son maître le sente ? Toute personne, douée d'un jugement sain, voit combien une telle accusation est futile et inepte. Dans quelle contrée de l'univers trouverez-vous un homme qui, englouti dans un cachot et chargé de chaînes, ne fera pas des efforts surnaturels pour reconquérir cette douce liberté, l'objet de tous ses vœux et de ses pleurs, et sera assez insensé pour la rejeter, lorsqu'elle vient à s'offrir à ses regards ?

Quelqu'un peut-il raisonnablement se plaindre de mon client, parce qu'il aurait l'haleine un peu forte, si ce proverbe est vrai : que nos pets sentent la rose pour nous. N'est-ce pas le comble de la barbarie que de retenir en prison, d'étrangler cet innocent, et de le traiter comme le plus grand scélérat, avant même qu'il ait été prévenu d'aucun crime ? Quelle faute grave a-t-il commise pour qu'on lui défende de jouir des avantages qui appartiennent à tous les êtres, de l'air et de la liberté ? Si mon discours, déjà plus long qu'il ne faut, ne m'avertissait de battre en retraite pour ne pas vous ennuyer et vous faire repentir de la bienveillance avec laquelle vous m'avez écouté jusqu'ici, j'aurais, certes, beaucoup de choses encore à vous dire. Ah ! c'est à vous, pères péteurs, qu'il appartient de défendre l'accusé contre les traits dont la calomnie l'accable. C'est à vous de rendre à la liberté cet être précieux, les délices de la république, le conservateur du peuple, et le plus ferme soutien de l'espèce humaine, surtout dans ces jours d'abstinence, où le carême, par la nature des aliments qu'il nous prescrit, nous expose aux plus grands dangers, si l'accusé ne nous défendait avec chaleur. Que diraient les nations étrangères, même les plus barbares, les pâtres eux-mêmes, et les muletiers qui ont du respect pour le pet ! Craignez que la postérité ne vous accuse d'avoir laissé impunis les outrages qu'on lui faits. Si les ennemis superstitieux et pétris de sots scrupules s'obstinent à l'exiler, que, nouveaux Omar, ils jettent au feu

la comédie des *Nuées* dans laquelle Aristophane permet de péter. Celui que vous jugez vous a rendu les plus grands services. Vous avez jusqu'ici soutenu sa dignité, celle de notre ordre est inséparable de la sienne ; rappelez-le par un suffrage unanime. Si les exemples nationaux et journaliers ne vous suffisent pas, rappelez-vous ces étrangers et ces Grecs, les plus sages des mortels : Cratès et Zénon, les plus intrépides champions du pet, qui tous deux lui ont assuré sa liberté par une loi ; Cratès chez les cyniques et Zénon dans la secte des stoïciens, qui ne différaient que par la robe. Si ce n'eût pas été un acte de justice, croyez-vous que ces immortels philosophes, ces oracles de la vie humaine, eussent rendu ce décret ? Vous avez l'exemple de l'Antiquité pour guérir nos concitoyens de cette sotte honte attachée au pet. Vous vous attachez mon client par les liens de la reconnaissance.
dirai-je enfin ? Vous assurez la conservation
olique, vous resserrez les anneaux de la
us affranchissez la pudeur de nos filles
e de périls et d'embarras ; vous affermissez
lité des femmes, des enfants, des familles,
mettez le dernier sceau à votre réputation, à
e et à votre autorité. J'ai dit.

atin d'Emm. Martinus.

De la nature et des différentes sortes de pets.

Le pet est un vent renfermé dans le bas-ventre, causé par le débordement d'une pituite attiédie, qu'une chaleur faible a atténuée et détachée sans la dissoudre ; un air comprimé qui, cherchant à s'échapper, parcourt les parties internes du corps, et sort enfin avec précipitation quand il trouve une issue que la bienséance empêche de nommer. Sa définition est conforme aux règles les plus saines de la philosophie, puisqu'elle renferme le genre, la matière et la différence.

Le pet sort par l'anus et en cela diffère du rot, ou rapport espagnol, qui sort par la bouche, quoiqu'il soit le résultat des mêmes causes.

L'occasion se présente ici tout naturellement de parler du rot ; il va de pair avec le pet, quoiqu'au rapport de plusieurs, il soit plus odieux que son analogue. Cependant on a vu à la cour de Louis XIV un ambassadeur, au milieu de la splendeur et de la magnificence qu'étalait à ses yeux étonnés l'auguste monarque français, lâcher un rot des plus mâles, et assurer que dans son pays le rot faisait partie de la noble gravité qui y régnait, ce qui lui a fait donner le nom de *rapport espagnol.*

Les femmes qui se serrent pour avoir la taille fine sont sujettes à péter beaucoup, selon le médecin Fernel, parce que leur intestin *cæcum* est si flatueux et si distendu que les vents qu'il renferme font autant de ravages qu'en faisaient autrefois ceux qu'Éole retenait dans les montagnes d'Éolie ; de sorte que, par leur moyen, on pourrait entreprendre un long voyage en mer : aussi est-ce avec beaucoup de raison qu'un peintre joyeux a placé une femme entre un moulin à eau par-devant, et un moulin à vent par-derrière, auxquels elle donne en même temps l'action de leur emploi.

Le savant auteur de *L'Art de péter* a examiné s'il fallait mesurer le pet à l'aune, au pied, à la pinte, au boisseau, et voici la solution de ce problème donné par l'excellent chimiste. Si en enfonçant le nez dans l'anus, de manière que la cloison du nez divisant l'anus également, fasse de vos narines une paire de balances, vous sentez de la pesanteur, il faut le prendre au poids. S'il est dur, c'est à l'aune ou au pied. S'il est liquide, c'est à la pinte. S'il est grumeleux, c'est au boisseau. Etc. Si enfin, il est trop petit, imitez les gentilshommes verriers, soufflez au moule, jusqu'à ce qu'il ait acquis un volume raisonnable.

Les grammairiens divisent les lettres en voyelles

et consonnes ; comme nous faisons plus qu'eux profession de ne point effleurer la matière, mais de la faire sentir et goûter, telle qu'elle est, nous divisons les pets en *vocaux* et en *muets* ou *vesses* proprement dits.

Les *pets vocaux* se nomment *pétards*. On peut consulter là-dessus *Willichius Jodochus*, qui nous apprend que le *pétard* est un éclat bruyant, engendré par des vapeurs sèches. Il est *grand* ou *petit*, suivant les causes et les circonstances. Le grand est *pléni-vocal*, et le petit *semi-vocal*.

La grandeur du calibre d'où il sort, les aliments venteux dont ils se nourrissent et la médiocrité de la chaleur naturelle dans les intestins, produisent chez les paysans le *grand pet-pétard*, ce phénix des pets, semblable à l'explosion des canons et aux pédales de l'orgue, et dont la démonstration des tonnerres par Aristophane ne donnerait qu'une très faible idée.

Le vrai pet ou le *pet clair* n'a point d'odeur, mais on le confond avec le *pet muet* ou *pet féminin* et avec le *pet épais* ou *pet de maçon*, qui présente le plus hideux spectacle, et de là cette injustice que l'on fait à notre héros.

Les *pets clairs* sont *simples* ou *composés*. Les *simples* consistent en un grand coup seul et momentané, Priape les compare à des outres crevées. Ils ont lieu quand la matière est abondante, composée de parties homogènes ; quand la fissure d'où ils sortent est assez large et quand celui qui les pousse est robuste. Les *composés* partent par éclats, et comme une décharge d'artillerie. On les nomme *diphtongues* et une personne robuste peut en faire vingt, tout d'une tire.

Le pet est diphtongue quand l'orifice est bien large, la matière copieuse, les parties inégales et mêlées d'humeurs chaudes et ténues, froides et épaisses. Alors s'opère une canonnade, où l'on distingue des syllabes diphtonguées, comme pa-pa, pax, pa-pa-pa, pax, et toujours *crescendo*. Rien de plus joli, de plus récréatif que ce mécanisme des pets diphtongues, quand l'anus est assez ample et entouré d'un *sphincter* fort et élastique. C'est un de ces pets qui a fait fuir les sorcières dont nous avons parlé, page 27 de cette dissertation.

Terribles effets du pet diphtongue.

Le *pet diphtongue* est plus terrible que le tonnerre. S'il ne foudroie pas, il étonne, rend les uns sourds et les autres hébétés, et cela par l'extrême compression de l'air qui, devenu, libre, ébranle tellement en sortant les colonnes de l'air extérieur, qu'il peut détruire et arracher en un clin d'œil les fibres les plus délicates du cerveau, donner un mouvement de rotation à la tête, la faire tourner sur les épaules comme une girouette, briser à la septième vertèbre l'étui de la moelle allongée, et par cette destruction, donner la mort. Hélas ! combien de poulets tués dans l'œuf, combien de fœtus avortés ou étouffés dans le sein de leur mère, par la forte explosion du pet diphtongue ! Plus puissant que les exorcismes, il a plus d'une fois fait prendre la fuite au diable lui-même, et l'anecdote suivante, dont la vérité est constante, en fournit un exemple.

Le diable tourmentait depuis longtemps un homme pour qu'il se donnât à lui. Cet homme ne pouvant plus résister aux persécutions du malin esprit, y consentit sous trois conditions qu'il lui proposa sur le champ.

1° Il lui demanda une grande quantité d'or et d'argent ; il la reçut dans l'instant. 2° Il exigea qu'il le rendît invisible ; le diable lui enseigna les moyens et lui en fit faire l'expérience, sans l'abandonner. Enfin, cet homme était fort embarrassé sur ce qu'il lui proposerait en troisième lieu, qui pût mettre le diable dans l'impossibilité de le satisfaire, et comme son génie ne lui fournissait point à l'instant l'expédient qu'il en attendait, il fut saisi d'une peur dont l'excès le servit par hasard fort heureusement, et le sauva de sa griffe. On rapporte que dans ce moment critique, il lui échappa un pet diphtongue, dont le tapage ressemblait à une décharge de mousqueterie. Alors, saisissant avec présence d'esprit cette occasion, il dit au diable : « Je veux que » tu m'enfiles tous ces pets, et je suis à toi. » Le diable essaya l'enfilement, mais quoiqu'il présentât d'un côté le trou de l'aiguille et qu'il tirât de l'autre à belles dents, il ne put jamais en venir à bout. D'ailleurs, épouvanté par l'horrible tintamarre de ce pet, que les échos avaient dupliqué, confus, forcené même de se voir pris pour dupe, il s'enfuit en lâchant une vesse infernale qui infecta tous les environs, et délivra de la sorte ce malheureux du danger éminent qu'il avait couru.

Il est constant que dans tous les royaumes, républiques, villes, villages, hameaux, familles, châteaux de campagne, où il y a des bonnes, des vieilles et des bergers, dans les livres et les histoires anciennes, il y a eu une infinité de maisons délivrées des diables par le secours des pets diphtongues. Ce sont de *petits tonnerres de poche* ; leur vertu et leur salubrité sont actives et rétroactives, ils sont d'un prix infini ; l'Antiquité la plus reculée les a reconnus tels ; de là ce proverbe des Romains : « Un gros pet vaut un talent. » Or, si l'on considère que le talent romain valait 84 liv., 100 et 125 livres de notre monnaie, j'observerai en passant qu'un gros pet est plus lucratif qu'un beau poème, car le temps est passé où un Alexandre donnait

480 000 écus à Aristote pour son livre *De la nature des animaux*. Auteurs, cessez d'écrire, puisque les arts ne vous nourrissent plus : mangez des haricots et pétez.

La nature des pets est variée à l'infini, suivant le climat, la condition et le moral des individus. Un habile observateur les a classés de la manière suivante.

1° *Pets départementaux*. Ceux-là ne sont pas si falsifiés que ceux de Paris, où l'on raffine sur tout. On ne les sert pas avec tant d'étalage, mais ils sont naturels, et ils ont un petit goût salin, semblable à celui des huîtres vertes. Ils réveillent agréablement l'appétit.

2° *Pets de ménage*. Nous apprenons d'après les remarques d'une grande ménagère de Pétersbourg, que ces pets sont d'un goût excellent dans leur primeur, et que quand ils sont chauds, on les croque avec plaisir ; mais dès qu'ils sont rassis, ils perdent leur saveur et ressemblent aux pilules qu'on ne prend que pour le besoin.

3° *Pets de pucelle*. On écrit de l'île des Amazones, que les pets qu'on y fait sont d'un goût délicieux et fort recherchés. On dit qu'on ne les trouve que dans ce pays, mais je n'en crois rien. Toutefois, on avoue qu'ils sont extrêmement rares : *rara avis in terris*. Voyez *Le Roman de la rose*.

4° *Pets de maître en fait d'armes*. Les lettres du camp

près Constantinople nous annoncent que les pets de ces escrimeurs sont terribles, et qu'il ne fait pas bon de les sentir de trop près, car, comme ils sont toujours plastronnés, on dit qu'il ne faut les approcher que le *fleuret à la main*.

5° *Pets de demoiselles*. Ce sont des mets exquis, surtout dans les grandes villes, où on les prend pour du croquet à la fleur d'orange. Ce pet est un *semi-vocal* ou petit pet, composé d'une matière très sèche et très déliée, qui se portant avec douceur le long du canal de sortie, qui est fort étroit, soufflerait à peine une paille. Ce pet n'alarme point les nez sensuels et n'est point indécent comme la vesse et le pet de maçon.

6° *Pets de jeunes filles*. Quand ils sont mûrs, ils ont un petit goût de *revas-y*, qui flatte infiniment les véritables connaisseurs.

7° *Pets de femmes mariées*. On aurait un long mémoire à transcrire sur ces pets ; mais on se contentera de la conclusion de l'auteur, et l'on dira, d'après lui, « qu'ils » n'ont de goût que pour les amants, et que les maris » n'en font pas ordinairement grand cas ».

8° *Pets de bourgeoises*. Les bourgeois de Rouen et de Caen nous ont envoyé une longue adresse en forme de dissertation, sur la nature des pets de leurs femmes. Nous voudrions bien les satisfaire en imprimant en entier cette dissertation, mais les bornes que nous nous sommes prescrites nous le défendent. Nous dirons en général que le pet de bourgeoise est d'un assez bon fumet lorsqu'il est bien dodu et proprement accommodé, et que faute d'autres, on peut très bien s'en contenter.

9° *Pets de paysannes.* C'est ici le lieu de répondre à certains mauvais plaisants qui ont perdu de réputation les pets de paysannes. On nous mande des environs d'Orléans qu'ils sont très beaux et très bien faits ; quoique accommodés à la villageoise, ils sont encore de fort bon goût. On assure aux voyageurs que c'est un véritable régal pour eux, et qu'ils peuvent les avaler en toute sûreté, comme la *montmorency* et les gobets à courte-queue.

10° *Pets de bergères.* Les bergères de la vallée de Tempé, en Thessalie, nous donnent avis que leurs pets ont le véritable fumet du Pet, c'est-à-dire, qu'ils sentent le sauvageon parce qu'ils sont produits dans un terrain où il ne croît que des aromates, comme le thym, le serpolet, la marjolaine, la sarriette, etc. Elles entendent qu'on fasse une grande différence de leurs pets avec ceux des autres bergères qui prennent naissance dans un terrain inculte : la marque distinctive qu'elles enseignent pour les reconnaître et n'y être pas trompé, c'est de faire comme on fait aux lapins de garenne, flairer au moule.

11° *Pets de vieilles*. Le commerce de ceux-ci est si désagréable qu'on ne trouve point de marchand pour les négocier. On ne prétend pourtant point pour cela empêcher personne d'y mettre le nez. Le commerce est libre.

12° *Pets de boulangers*. Nous recevons à leur sujet la note suivante du Havre ; la voici telle qu'un maître boulanger de cette ville nous la transmet :

> « L'effort que fait l'ouvrier en faisant sa pâte, le ventre serré contre le pétrin, rend les pets diphtongues. Ils se tiennent quelquefois comme des hannetons, de sorte qu'on pourrait en avaler une douzaine, tout d'une tire. »

Cette remarque est des plus savantes et de fort bonne digestion. Ce pet est aspiré, ou petit pet *semi-vocal*, composé d'une matière humide et obscure. Pour en donner l'idée et le goût, je ne puis mieux le comparer qu'à un pet d'oie : peu importe que le calibre qui le produit soit large ou étroit, il est si chétif qu'on sent bien que ce n'est qu'un avorton.

13° *Pets de potiers de terre*. Ces pets, sans contredit, sont faits au tour, mais ils n'en sont pas meilleurs. Ils sont sales, puants, et tiennent aux doigts. On ne peut pas les toucher, crainte de s'emberner.

14° *Pets de tailleurs.* Ils sont ordinairement de très bonne taille et ont un goût de prune, mais les noyaux sont à craindre.

15° *Pets de géographe.* Ceux-là, semblables à des girouettes, tournent à tout vent. Quelquefois cependant, ils s'arrêtent du côté du nord, ce qui les rend perfides.

16° *Pets de courtisanes.* Vous pouvez prendre la galerie noire du Palais-Égalité, même tout le palais et les rues environnantes, si vous voulez faire des dégustations et des expériences pneumatiques sur cette nature de pets. On en trouve d'assez drôles ; leur goût est assez appétissant : ils crient toujours famine, en langue allemande ; mais prenez-y bien garde, il y a beaucoup d'alliage dans cette denrée. Si vous ne trouvez pas mieux, prenez-les au poinçon de Paris.

17° *Pets de cocus.* Il y en a de deux sortes. Les uns sont doux, affables, mous, etc. Ce sont les pets des *cocus volontaires* ; ils ne sont pas malfaisants. Les autres sont brusques, sans raison et furieux. Il faut s'en donner de garde ; ils ressemblent au limaçon, qui ne sort de sa coquille que les cornes les premières. *Fœnun habent in cornu.* Heureusement les pets des cocus malgré eux sont excessivement rares, de notre siècle, qui est celui de la tolérance et de la liberté.

18° *Pets de savants*. Ces derniers sont précieux, non par leur volume, mais par la noblesse du foyer d'où ils sortent. Ils sont aussi très rares, parce que les savants, rangés sur les banquettes du Palais national des Sciences et des Arts, à l'Institut ou aux Conseils, ne pouvant, dans une assemblée publique interrompre une lecture importante pour donner l'essor à un pet, sont obligés de le féminiser pour lui donner un passeport, et ne pas déranger l'ordre des travaux, des lectures et des motions. Ils sont en revanche vigoureux, quand ils sont les enfants de la solitude et de la liberté, car les savants de nos jours mangent plus de fèves que de poulardes.

Quant aux petits auteurs, comme moi, nous avons carte blanche dans le cabinet ; nous nous égayons par la bruyante harmonie du pet diphtongue ; elle nous fournit des idées, dans la composition de l'ode, et son bruit se mêle agréablement à l'emphase avec laquelle nous récitons nos vers. Le célèbre Boursault fit certainement beaucoup de jolis pets, et les regarda avec beaucoup d'attention, pour les peindre avec autant de vérité et de goût, qu'il l'a fait dans son *Mercure galant*. Certes, il était plein de son sujet, quand il fait si bien dire à son héros :

« Je suis un invisible corps,
Qui de bas lieu tire mon être ;
Et je n'ose faire connaître
Ni qui je suis, ni d'où je sors.
Quand on m'ôte la liberté,
Pour m'échapper, j'use d'adresse,
Et deviens femelle traîtresse,
De mâle que j'aurais été. »

19° *Pets de commis*. Après ceux des fournisseurs de la république, ceux-ci sont les mieux nourris et font honneur à la cuisine de leurs auteurs. Aussi m'est-il arrivé plus d'une fois en fréquentant les bureaux, d'entendre des salves de pets, dont les plumitifs indolents et désœuvrés s'amusent à se saluer réciproquement. C'est à qui développera la plus belle et la plus sonore basse-taille. C'est un concert brillant et bien soutenu. Si ces messieurs n'ont rien de mieux à faire, ils ont raison, il faut égayer l'ennui d'un bureau et il vaut mieux péter pour tuer le temps que de médire, faire des libelles ou de mauvais vers. D'ailleurs, j'ai amplement démontré les inconvénients terribles qu'occasionnerait la crainte de péter ; et je ne puis trop louer ceux des commis laborieux qui, plus sages que Métroclès, dont j'ai parlé ci-dessus, aiment mieux passer pour grossiers, en lâchant le captif, que d'interrompre leur besogne en allant péter dans le corridor, car un proverbe dit : « Il vaut mieux péter en » compagnie que de crever dans un petit coin. »

L'anecdote suivante prouvera avec quelle sévérité mon héros punit ceux qui veulent s'opposer à ce qu'il jouisse du droit imprescriptible de citoyen français, libre et philosophe.

Les trois accidents[18]

Trop de crainte nous perd. Sans exorde plus ample,
Je vais en donner un exemple.
Nicette tenait dans sa main
Un œuf frais qu'elle allait porter à sa grand-mère.
Le verglas qui couvrait la terre
La faisait chanceler tout le long du chemin.
Plus elle craint et moins elle est légère ;

[18] Un poète latin moderne a traduit ce joli petit conte avec tant d'élégance que je ne puis résister au désir d'apprendre à ceux de mes lecteurs qui aiment encore la langue des Ovide, des Horace, des Santeuil et des Sanadon, qu'ils le trouveront imprimé dans mes *Matinées du printemps* (tome 1, p. 121) qui se vendent chez le même libraire.

Certain vent importun la tourmenta,
Vent qu'elle eût bien voulu lâcher à la sourdine.
    Elle aperçoit qu'on l'examine,
Et jusqu'au blanc des yeux le rouge lui monta.
Le malheur fut complet par défaut d'assurance.
    Il survint un ruisseau qu'il fallut enjamber.
Nicette lève un pied, glisse, perd la cadence,
Et serrant bien les poings pour faire résistance,
Péta, creva son œuf et se laissa tomber.

20° *Pets d'acteurs et d'actrices*. J'ai déjà dit qu'ils ne paraissaient point sur la scène, mais puisqu'on y fait paraître des chevaux, il est probable qu'on leur accordera le même privilège : jusqu'à ce moment, ils s'y trouvent *incognito* et de contrebande, comme ceux des savants, en changeant de sexe. Notre théâtre offre tous les jours des innovations si heureuses dans le tragique, que je ne serais pas surpris d'entendre une pétarade arrangée par Méhul, Gossec et Chérubini.

Le pet du vilain

Rutebeuf, le plus célèbre parmi les trouvères picards, celui d'entre eux qui paraît avoir eu le plus d'esprit et d'imagination, n'a pas dédaigné de prendre la défense du pet, dans un temps où l'orgueil de la chevalerie et la tyrannie féodale accablaient de mépris les gens de la campagne. Voici ce qu'il raconte :

> « Un villageois, malade d'une indigestion, est à toute extrémité. Satan, selon sa coutume, envoie saisir l'âme, mais par dédain pour un objet si peu important, il n'emploie à cette vile fonction que le plus simple de ses satellites. Celui-ci n'imaginant pas que l'âme d'un vilain dût sortir par le même passage que celle des autres, attache un sac à la porte opposée. Tout à coup une crise heureuse (le secours du dieu Pet) soulage le malade. Le sot député voyant le sac se remplir, le lie promptement et va le porter à son souverain. Mais Satan maudissant cette âme infecte, jure de n'en jamais recevoir qui ait habité un corps de vilain.
>
> « Or maintenant, ajoute Rutebeuf, malheureux sur la terre, chassés du ciel, rebutés des enfers, je vous le demande, Messieurs, où iront ces infortunés ? »

Ce conte de Rutebeuf mérite d'être cité quoiqu'il ne soit pas de la bonne compagnie ; il montre combien il a fallu d'efforts et de philosophie pour ramener les hommes au respect qu'ils doivent à la classe utile et respectable des cultivateurs.

Parmi les écrivains anciens et modernes qui ont

écrit sur le pet et qui lui ont rendu les honneurs qu'il mérite, on peut citer Bebelle, Frischlin, Marot et Saint-Évremond. L'aimable philosophe Saint-Évremond avait du pet une idée bien différente que celle que s'en fait le vulgaire. Il l'appelait un soupir, et disait un jour à sa maîtresse, devant laquelle il avait fait un pet :

> Mon cœur outré de déplaisirs,
> Était si gros de ses soupirs,
> Voyant votre humeur si farouche,
> Que l'un d'eux se voyant réduit
> À n'oser sortir par la bouche,
> Sortit par un autre conduit.

L'immortel Clément Marot n'a pas dédaigné de travailler sur le cul, sur le pet et sur la vesse. Si je ne craignais de donner à ce volume trop d'étendue (car j'ai encore d'autres choses à vous dire), je rapporterais ici ses vers, mais pour ne pas remplir mon livre de l'esprit des autres, je vous prie de voir, pour ce qui regarde le cul, les blasons 24 et 34, tome 3 édit. de la Haye, 1791, *in*-12, le blason 35 pour le pet et la vesse, et le blason 24 si vous êtes curieux d'y voir le c...

Parler du pet sans parler du cul, c'est décrire Rome sans parler du Capitole, il faut donc que je fasse son éloge en deux mots. Il est certainement la plus noble partie du corps, puisqu'il a l'honneur de se coucher le premier. C'est le cul qui répare tous les malheurs du corps. C'est par lui que toutes les humeurs et venins sont purifiés, et que l'on est rendu à la vie. La partie la plus essentielle de l'homme, c'est le cul. On peut vous crever un œil, et même tous les deux, sans que cela vous empêche de vivre. On peut vous couper les bras et les jambes ; on peut vous faire l'opération qui rendit Abélard moine, on peut vous boucher les oreilles, et vous n'en vivrez pas moins, mais si on vous bouche le cul, je vous défie de vivre seulement quatre jours. Le supplice le plus cruel inventé par un tyran de l'Asie était de faire attacher un esclave sur une selle, en lui bouchant le derrière, et de le laisser dans cette posture, en lui donnant force à manger jusqu'à ce que cette constipation forcée l'eût suffoqué lentement. Voyez le *Podicis encomium*, p. 348 de *L'Amphitheatrum sapientiæ Socraticæ*, par Gasp. Dornavius.

QUESTION CHIMIQUE

Esprit de pets pour enlever les taches de rousseur

On demande s'il est possible en chimie de distiller un pet et d'en tirer la quintessence. On a décidé pour l'affirmative, et il n'y a point de doute que le citoyen Quinq… si fameux par ses lampes, sa crème de tartre, ses eaux ondotalgique et virginale, etc., n'obtienne les plus satisfaisants résultats de la distillation d'un pet.

Il vient tout récemment de reconnaître, après un long travail, que le pet est de la classe des esprits. Après avoir eu recours à son alambic, voici comme il procéda.

Il fit venir une hibernoise de son voisinage, c'est-à-dire de la halle, qui mange à un repas autant de viande que six rouliers en mangeraient de Paris à Montpellier. Cette femme, ruinée par son appétit et la chaleur de son foie, gagne sa vie comme elle peut. Il lui fit manger de la viande autant qu'elle en voulut et put manger, avec force légumes venteux. Il lui prescrivit de ne point péter ni vesser sans l'avertir auparavant. Aux approches des vents, il prit un de ces larges récipients, tels qu'on les emploie pour faire l'huile de vitriol, et l'appliqua exactement à son anus, l'excitant encore à péter par d'agréables carminatifs et lui faisant boire de l'eau d'anis, enfin, de toutes les liqueurs de sa boutique capables de répondre à son intention. L'opération s'est faite à souhait, c'est-à-dire très copieusement. Alors, notre chimiste satisfait prit une certaine substance huileuse ou balsamique dont il n'a pas voulu me dire le nom, la jeta dans le récipient et fit condenser le tout au soleil par circulation, ce qui produisit une quintessence merveilleuse. Il s'imagina que quelques gouttes de ce résultat pourraient enlever les taches de rousseur de la peau. Il en essaya le lendemain sur le visage de plusieurs jolies harangères du marché aux poirées, qui toutes perdirent sur le champ ces vilaines taches et virent avec tout le plaisir qu'on peut s'imaginer leur teint blanchir à vue d'œil. Les tendrons reconnaissants l'ont payé, dit-on, *in cute* ; c'est le salaire qui pouvait le mieux payer le galant et salace pharmacien. Alors, le journal de Paris et des affiches disséminées avec profusion ont préconisé cette utile découverte, digne de faire le pendant des redingotes *à l'anglaise* et des *dragées de Keiser.* On espère donc que nos beautés en perruque blonde, en coiffure à la *Titus*, à la *Caracalla*, feront une grande consommation de ce merveilleux spécifique, si précieux surtout aux habituées de Tivoli, de l'Élysée, d'Idalie, de

Thélusson, de Paphos, Mousseaux, etc. Bref, elles feront la fortune du pharmacien à qui elles élèveront des statues, comme à un nouvel *Abdéker*, et à qui on ne pourra plus reprocher qu'il ne connaissait que la carte des pays bas.

Du pet artificiel

La plus précieuse observation que je puisse faire à l'avantage du pet, est celle, non moins étonnante que vraie, de son utilité, dans les mystères de la reine de Paphos et d'Amathonte. Cette déesse si voluptueuse et si sensuelle, sachant bien que toutes les jouissances qu'elle procure seraient imparfaites si la présence du dieu Pet ne leur donnait la dernière période, et voulant concilier avec ce besoin, la délicatesse du sens olfactoire chez ses prêtresses, a inventé elle-même le pet *artificiel*, dont le but est de conserver, dès son origine, ce qu'il a de réjouissant, en évitant ce qu'il a de désagréable à l'odorat. Elle a voulu que le bruit du pet se fondît agréablement avec celui des soupirs et des baisers, qu'il assaisonne, et au moyen d'une petite vessie remplie de parfums, adaptée ingénieusement sous… mais le conte suivant va vous le dire.

Les deux pets
Conte

Tant s'en faut que toujours la fin d'une aventure
Réponde à son commencement ;
Telle promet d'abord une volupté pure
Qui se termine en un tourment.
Bien l'éprouva Damon, français et gentilhomme ;
Car tout Français se dit comte ou marquis
Ou gentilhomme au moins en quittant son pays,
Et celui-ci se disait tel à Rome.

Or, comme bien savez, un Français n'est pas homme
À se laisser ronger d'ennuis.
Il choisit donc une Laïs
Qui, moyennant une certaine somme,
L'admit au rang des favoris.
À Rome comme ailleurs, femme qui sait son prix
Ne livre rien sans savoir comme.
À demain, lui dit-elle, et selon vos désirs,
Je vous préparerai la voie
Qui conduit aux plus grands plaisirs.
Apportez seulement argent, vigueur et joie,
Et vous verrez beau jeu si la corde ne rompt.

Croyez que le galant ne manqua d'être prompt.
Au rendez-vous, il la trouve parée
De la façon que Cithérée
Reçoit le dieu Mars dans ses bras,
Une moitié de ses appâts
Se trouvait assez éclairée
Pour que l'autre qu'on ne voit pas
Par le galant fut désirée.
Un souper fin, tel qu'il faut
Dans les plaisirs d'un tête-à-tête,
Fut le prélude de la fête
Que payait bien notre ribaud.
Ils mangèrent assez, mais ils ne burent guère,
Longue nuitée et court repas,
C'est ainsi qu'on fait à Cithère
Lorsqu'on s'y prépare aux ébats.
Enfin, notre bonne commère
Reçut Damon entre les draps.
Ah ! quelle volupté s'emparant du compère
Le défrayait de ses ducats !
Tous ses sens occupés de l'amoureuse affaire
À de si grands transports livraient son âme entière
Qu'il paraissait devenu fou.
Les amours libertins, regardant son derrière,
En un coin riaient tout leur saoul.

Cependant, la Laïs romaine
Gagne son argent de son mieux,
Et d'un mouvement gracieux
Aide l'argent qui se démène,
Lorsque du souterrain tout d'un coup part un bruit
Qui de Damon l'oreille blesse.
Redoutant les effets de quelque odeur traîtresse,
Il allait quitter le déduit.
« Quoi ! ce bruit vous fait peur, dit-elle,
Sachez qu'on aime ici les plaisirs réunis.
Continuez Damon : c'est un régal exquis
Que pour votre odorat a préparé mon zèle,
Mettez sans crainte votre nez
Dans les draps parfumés d'une essence nouvelle,
Et ce bruit que vous soupçonnez
Est l'heureux signal qui l'appelle. »
Il la croit, et fait bien alors de s'y fier.
Une délicate vessie,
Pleine de parfums d'Arabie,
Qu'avait pressée à propos son fessier
Avait causé le bruit qui venait d'effrayer
Damon, dans le moment le plus doux de sa vie.

On appelle cela pet artificiel,
Ordinaire galanterie

De toute femme d'Italie,
Qui fait un trafic corporel.

Cette volupté réunie
Mit le comble au plaisir de l'amant sensuel.
Après un petit intervalle,
Notre brave et vigoureux mâle
Se met à reprendre le jeu
Qui, par malheur, dure si peu.
Un second bruit vient frapper son ouïe ;
Nez aussitôt de plonger dans le lit
Pour cueillir à point tout le fruit
De la précieuse ambroisie.
Mais pour le coup ce fut un pet au naturel,
Qui, sortant chaudement de la région sale,
Fit un atmosphère mortel
D'atomes imprégnés de matière fécale.
Pour surcroît de malheur encore plus cruel,
Un humide substantiel,
S'attachant à l'engin trop voisin de la source,
Abattit sa vigueur et laissa sans ressource
L'amoureux qui maudit l'air pestilentiel
Et dit en s'enfuyant : « Ah ! de cette chrétienne
Devais-je pas me défier ?
Et prévoir que le trou culier
D'une femelle italienne

Ne pouvait être qu'un évier. »

C'est à regret que j'obéis à la nécessité d'être historien fidèle, en rapportant un conte aussi graveleux[19], mais ne devant passer sous silence rien de ce qui a rapport à mon sujet, j'aime mieux encourir le risque d'une imprudence que de passer pour ignorant, dans une matière où toute mon érudition doit être déployée. Au reste, Bayle et Brantôme en ont fait autant. D'ailleurs ce conte me donne l'occasion d'apprendre aux lecteurs qu'il est du fameux abbé Sabathier de Castres, auteur des *Trois Siècles de littérature*, des *Siècles païens*, des *Mémoires de miladi Kilmar* et du *Journal politique national*, en 1789. Aujourd'hui à Vienne. Tandis que j'y suis, je citerai le trait suivant, cité par Nicodème Frischlin (édit. de Strasbourg 1525, *in*-16).

Quelqu'un ayant lâché un vent au milieu d'une nombreuse société, un de ses amis lui en fit reproche. « Par Jupiter, répondit le péteur, il y a longtemps que » mon derrière désire parler, il ne lui manque que ta » langue. Veux-tu la lui donner ? »

Le trait de naïveté suivant, dans une fille d'auberge, plaira sans doute aux plus graves personnages.

---

[19] Voyez les *Quarts d'heure d'un joyeux solitaire*, 1 vol. *in*-12…

Le pet français

Deux Anglais arrivant dans un village en France,
Étaient de fatigue harassés,
En outre fort embarrassés
Pour trouver un lieu de pitance,
Car, tous les deux ignorant le français,
Aux paysans parlaient anglais.
Les manants ne surent jamais
Aucun autre langage
Que celui qu'on parle au village.
Cependant le curé, plus sage,
Reconnaissant à leur baragouinage
Qu'ils avaient besoin de manger
Et qu'ils cherchaient à se loger,
Lors par le bras vous les prend et les mène
À l'auberge la plus prochaine.
L'hôte les voyant arriver
Et désirant chez lui les conserver,
Les saluant, en suivant sa marotte,
Il leur fait signe de s'asseoir,
Puis bientôt appelant Javotte :
« Allons, dit-il, tire-moi cette botte. »
Près d'eux on s'empressait, oh ! dame,
il fallait voir :

Chacun était jaloux de bien remplir sa tâche.
Mais en voulant tirer trop fort,
La Javotte fait un effort
Et devant tout le monde, avec grand fracas, lâche
Ce qu'ordinairement avec soin chacun cache.
Le pauvre maître consterné,
Du cas se trouvant très peiné,
Lui dit : « Puante, eh bien ! que veux-tu que l'on dise
De notre honnêteté chez messieurs les Anglais ?
— Mais qu'est-ce que ça fait, dit-elle avec franchise,
Ces deux messieurs n'savons pas le français. »

L'abbé de Marigny a oublié dans son poème sur le *Pain béni*, dont j'ai donné une édition, de nous raconter l'anecdote suivante. Elle prouve que non seulement le pet a le privilège d'égayer les sociétés, mais que les plus augustes mystères de la religion ne sont pas à l'abri de son humeur joviale et libre.

Le pet béni

Une bonne villageoise rendait le pain béni. Un cierge à la main, les barbes du bonnet et la robe détroussées, elle était en présence du célébrant et flanquée du bedeau. Sa timidité naturelle s'augmenta lorsque le curé, pour payer son pain béni et son cierge, lui présenta le cul d'une assiette en étain à baiser. La bonne dame était sourde passablement. Un pet assez ronflant qu'elle lâche déconcerte la gravité des ministres de son culte. Curé, bedeau, enfant de chœur, suisse, enfin, chacun de ceux qui l'environnent se serre les lèvres pour ne pas rire aux éclats. La bonne femme, qui n'a pas fait attention à son échappée, croit que l'on rit de la petitesse de son pain béni et dit pour s'excuser : « Ce n'est pas ma faute, M. le curé, si j'avais eu plus de beurre et plus de sel, je l'aurais fait plus gros. » Pour le coup, le quiproquo fut si plaisant que chacun n'y put tenir. Le service divin fut interrompu, et bien en prit aux hommes d'église d'être obligés de se tourner vers l'autel pour ne pas scandaliser les fidèles par leur rire qu'augmentait la contenance tranquille de la péteuse.

J'ai dit qu'un pet avait mis en fuite des sorcières : il a quelquefois eu le mérite d'épouvanter ces fiers Anglais qui se croient les dieux des mers, témoin le fait suivant rapporté par un anonyme.

Le pet et le politique

Au café, de grands politiques
Parlaient entre eux des affaires publiques ;
Tel à la guerre et tel à paix croyait.
Toutefois chacun convenait
Que la guerre serait certaine
Dès le premier coup de canon.
De la triste réflexion
Les pauvres gens très fort en peine,
Pour mieux penser à cet objet,
Gardaient le plus profond silence.
Un d'eux qui, par ennui, de bien bon
cœur dormait,
Se retourne, s'agite et lance un ferme pet.
« Oh ! parbleu, de ce coup, je déserte de France,
Dit un milord, qui là pour lors était.
Vous avez entendu ? l'hostilité commence. »

Non seulement le pet est père de la gaîté, mais ce qui doit encore le rendre recommandable aux républicains, il est celui de l'égalité. Il rapproche les distances que l'orgueil a mises entre le maître et le valet. Il rend le premier affable et donne de l'esprit au second.

Un noble voulant s'amuser aux dépens de son laquais et l'embarrasser, leva la cuisse et donna l'essor à un gros pet ; puis s'adressant à son domestique qui était présent : « Cours après ce fuyard, dit-il, et » rapporte-le moi, mort ou vif. Vite, dépêche-toi, il me » le faut. » Le valet, d'abord embarrassé, prend enfin son parti ; il sort et rentre un moment après. « Je l'ai » trouvé, not'maître. » En même temps, s'approchant de lui, lâche un pet qui valait bien le premier, et lui dit : « Le voilà ! » Le gentilhomme fronce le sourcil d'abord et finit par rire à gorge déployée.

Je n'en finirais pas, et je ferais un volume *in-folio* si, nouveau Calmet ou Monfaucon, je me livrais aux recherches des traits historiques anciens et modernes sur le pet. En voici un assez piquant :

Un jour, entre la poire et le fromage, des citoyens qui ne comptaient des jours de leur vie que ceux qu'ils passaient à rire, proposaient diverses questions à résoudre. Un prêtre de Louvain, nommé Antoine, et un autre aussi plaisant que lui, agitaient la question de savoir quelle est la plus noble partie du corps humain. Celui-ci nomme les yeux. Celui-là le cœur. L'un dit que c'est le cerveau, tel autre dit autre chose, et chacun motive son opinion du mieux qu'il peut. Antoine, quand ce fut son tour, dit que c'est la bouche, et se fonde sur d'excellentes raisons. Son adversaire lui répond que c'est la partie sur laquelle nous nous asseyons. On réfute son avis, il persiste et le prouve en disant que d'ordinaire c'est toujours l'homme le plus distingué de la compagnie qui s'assied le premier, que, par conséquent, c'est le cul qui jouit exclusivement de ce privilège. Les convives applaudirent par de grands éclats de rire à la justesse de son avis. Antoine, vaincu, dissimule son humeur. Mais, quelques jours après, rencontrant au même endroit son adversaire qui causait tandis que l'on dressait le couvert, il s'approche de lui et lui lance le pet le plus vigoureux. Celui-ci se fâche. « Va-t'en » plus loin, vilain puant, lui dit-il, où diable as-tu » appris à vivre ?... — Chez toi, répond Antoine, en » riant. Tu te fâches ! Eh, pourquoi ? si je t'avais salué » de la bouche, tu me l'aurais rendu bien poliment ; » et parce que je te salue avec la partie que toi-même » tu as dite être la plus noble du corps humain, tu me » traites de cochon ! Je suis plus poli que toi qui ne » me le rends pas. » Ainsi, Antoine, qui avait été vaincu dans la première occasion, eut cette fois tous les rieurs de son côté.

L'ingénieux Saint-Évremond, ayant eu le malheur de faire un pet en présence de sa maîtresse, obtint son pardon en lui envoyant les stances suivantes.

Unique objet de mes désirs,
Philis, faut-il que mes plaisirs
Pour rien se changent en supplices
Et qu'au mépris de votre foi
Un pet efface les services
Que vous avez reçus de moi ?

Je sais bien, ô charmant objet,
Que vous avez quelque sujet
D'être pour moi toute de glace,
Et je confesse ingénument,
Puisque mon cul fait ma disgrâce,
Qu'elle n'est pas sans fondement.

Si pourtant cet extrême amour,
Dont j'eus des preuves chaque jour,
Pour un pet s'est changé en haine,
Vous ne pouviez jamais songer
À rompre une aussi forte chaîne
Pour un objet aussi léger.

S'il est vrai qu'on n'ose nier
La porte à chaque prisonnier
Alors que la princesse passe :
Ce pet pouvait avec raison
Vous demander la même grâce,

Puisqu'il se voyait en prison.

S'il ne s'est pas fort bien conduit,
S'il a fait quelque peu de bruit
lorsqu'il se fraya cette voie,
C'est qu'il était si transporté
Qu'il fit en l'air un cri de joie
En recouvrant sa liberté.

Hélas ! quand je viens à songer
À ce sujet faible et léger
Qui cause mon malheur extrême,
Je m'écrie en ma vive ardeur :
Fallait-il me mettre moi-même
Près de vous en mauvaise odeur ?

Si pour un pet fait au hasard
Votre cœur où j'ai tant de part
Pour de moi jamais se retire,
Voulez-vous que dorénavant
Vous me donniez sujet de dire
Que vous changez au moindre vent ?

À ces jolis vers du délicat Saint-Évremond, nous pouvons ajouter la réponse du célèbre cardinal du Perron à Henri IV, dans une semblable circonstance.

Ce prélat jouant aux échecs avec le monarque, lâcha un pet en même temps qu'il plaçait un cavalier ; il fit pardonner cette liberté, en disant avec esprit : « Au moins, sire, ce cavalier n'est pas parti sans » trompette. »

C'est ainsi que le comte de Cantagnède, de la maison de Menesès en Portugal, répara par un bon mot une liberté pareille qu'il prit avec le roi Don Jean IV. Ce roi, dont il était le favori, lui donnant un coup sur la fesse, il lui péta dans la main, et le roi restant confus et piqué de ce manque de respect : « Sire, répond le » favori, votre majesté peut-elle frapper jamais à une » porte, qu'on ne la lui ouvre incontinent ? » Ce mot plut autant au roi que l'action l'avait offensé.

Buchanan avait été précepteur des enfants de M. de Brassac ; comme il était un jour à sa table, il lui arriva, en mangeant un potage bien chaud, de laisser aller un vent qui fit du bruit. Mais sans se déconcerter, il dit à ce vent qui était sorti malgré lui : « Tu as bien fait de » sortir car j'allais te brûler tout vif. »

Un abbé italien, très sujet à lâcher des vents, se trouvant en compagnie, en fit un très intelligible, et jouant la surprise, se retourna en parlant à son derrière : « Che impertinente, dit-il, che indiscreto, » parler cosi alto innanzi le Donne, e interrompere » scioccamente una bella conversazione [Vous êtes un

» impertinent, un indiscret, de parler si haut devant
» es dames et d'interrompre insolemment une belle
» conversation]. »

Un consul à qui le même accident arriva, tandis qu'il haranguait Henri le Grand, se tira aussi d'affaire avec esprit. Dès que le pet lui fut échappé, il se retourna vers son derrière : « Taisez-vous, dit-il, sot
» que vous êtes, attendez du moins que j'aie fini. » Le prince, qui aimait la plaisanterie, trouva celle-ci fort bonne et fut content du harangueur.

Tous les péteurs n'ont pas eu l'avantage de donner impunément l'essor à mon héros ; l'aventure que je vais raconter prouve qu'il en est qui ont trouvé des gens grossiers, qui n'étaient pas disposés à en rire comme nous.

Un homme obligé, dans un cabaret, de partager son lit avec un voyageur, l'avertit qu'il avait le ventre du monde le plus bruyant, et qu'il faisait un tintamarre épouvantable. « Vous serez, dit-il, canonné toute la
» nuit par des vents horribles qui s'ouvrent le passage
» malgré moi. » L'autre lui répond : « Mon ventre est
» plus modeste que le vôtre, mais il est plus traître.
» Vous serez incommodé toute la nuit par des vents
» discrets qui ne feraient à la vérité aucun bruit, mais
» qui feront acheter chèrement leur discrétion à votre

» odorat. » *Passe-moi l'émétique, je te passe la saignée.* Les deux coucheurs convinrent donc de se faire grâce mutuellement de leurs infirmités, mais le dernier se proposait de se mettre à l'abri de la canonnade par un stratagème. En effet, il prit un soufflet qu'il se mit entre les jambes et, dès que le premier fit jouer son artillerie, il souffla tellement le canonnier que celui-ci fut obligé de quitter le lit et d'aller porter sa batterie ailleurs. « Ô ciel, dit-il, quels vents glacés ! Je crois que » cet homme a l'hiver dans le corps, je n'y puis plus » tenir. »

Un homme, dans une compagnie de gens de distinction, fut très déconcerté lorsqu'un vent coulis éclatant, forçant la prison, publia sa honte. « Au » moins, dit-il, vous ne direz pas que j'ai fait un coup » de ma tête. »

Un autre se trouvant dans un cercle nombreux fit la même chose et s'écria : « Oh ! pour celui-là, il est » authentique, car c'est un pet passé devant » notaires. » En effet, on remarqua, en riant beaucoup, qu'il y avait deux notaires dans la compagnie.

Une jeune et belle héritière d'une des premières maisons d'Angleterre, dansant à un bal de la cour un menuet avec un jeune officier très pauvre, lâcha un pet et devint très confuse. Le jeune militaire, pour tirer la princesse d'embarras, joua la honte et parut si confus que toute la cour fut persuadée qu'il était le coupable. Il sortit donc au milieu des ris et des huées, qu'il souffrit avec un courage digne de Curtius. Ce généreux dévouement ne resta point sans récompense. La riche héritière en fut si reconnaissante qu'elle offrit ses attraits, ses biens immenses et son amour à ce jeune héros, qui jamais n'eût osé prétendre à ce degré d'éclat, si un pet ne lui eût fourni une si favorable occasion.

Des signes et des effets prochains du pet

On en compte de trois sortes : les *apodictiques*, les *nécessaires* et les *probables*.

Les *apodictiques* sont ceux dont la cause étant présente, annonce que l'effet ne tardera pas à se manifester. Ainsi un homme qui aura mangé des pois et d'autres légumes, des raisins, des figues nouvelles, qui aura bu du vin doux, caressé sa femme ou sa maîtresse, peut s'attendre à un signe prochain d'explosion.

Les *nécessaires* sont ceux où un second effet résulte du premier, comme le tintamarre, la mauvaise odeur, etc.

Enfin, les *probables* sont ceux qui ne se rencontrent pas toujours et n'accompagnent pas ordinairement toutes les espèces de pets, comme la contraction, le bruit ou l'aboiement du ventre, la toux et les petites ruses de chaise, d'éternuement ou de trépignement de pieds, pour ne pas être reconnu péteur. À ce propos, je citerai pour exemple le moine dont il est question dans la pièce suivante :

Inter erat rasos abdomine venter anhelo
Forte olim ludi pars, Grobiane, tui.
Semper erat victu que satur potu que refertus,
Thura dabat mensis non adolenda diis.
Postici edebant male olentia sibila folles,
Multa quid ? hic monachus nil nisi flatus erat.
Forsitan ad mensam cum Coenobiarcha sederet,
Atque una monachus carperet iste cibos ;
Ecce velut displosa sonat vesica, decori
Oblitus, laxo podice grande crepat :
Tum crepitus fratrum bibulas ut transvolet aures,
Et strepitum pedibus dat, gravitur que screat.
Hic abbas, bone frater, ait, hoc transeat iste.
Et strepuere pedes et crepuere nates.

Et cette épigramme citée par Rodolphe Gochlenius, sur quelqu'un qui employait la même ruse.

Rasus erat, memini, cujus postica per anum,
Fistula spirabat semper odore gravi.
Forsan ut accubuit sumpturus prandia, ventris
Mittebat crassum crassa sabura sonum,
Atne quis missum posset deprehendere bombum,
En strepitum moto concitat ipse pede.
Tunc strepitus non est crepitus, ridente sub ore,
Increpitans ventos, Coenobiarcha refert.

Il est donc important de prévenir les jeunes gens et les vieillards de s'accoutumer à ne point rougir lorsqu'ils péteront, mais d'en rire les premiers, pour égayer la conversation.

On n'a point encore décidé si péter en pissant est un effet malin, ou bénin. Moi, je le crois bénin, et je me fonde sur l'axiome assez vrai qui dit :

Mingere cum bombis res est gratissima lumbis.

En effet, pisser sans péter, c'est aller à Dieppe sans voir la mer.

Cependant, il est ordinaire de pisser avant que de péter, parce que les vents aident à la première opération en comprimant la vessie ; ils se manifestent ensuite.

Comme il est des privations de tout genre, et qu'un assez grand nombre de personnes ne pètent que rarement et très difficilement, que par conséquent il leur arrive une infinité d'accidents et de maladies, j'ai pensé que je devais écrire pour eux, et placer ici les remèdes et les moyens qui peuvent les exciter à rendre les vents qui les tourmentent. Je dirai donc en deux mots qu'il y a deux espèces de remèdes, pour provoquer les vents, les *internes* et les *externes*.

Les *internes* sont l'anis, le fenouil, les zédoaires, enfin tous les carminatifs et les échauffants. Les *externes* sont les clystères et les suppositoires. Si l'on fait usage de tous les deux, on sera certainement soulagé.

On demande s'il y a analogie entre les sons, si on peut les marier et en faire un ensemble de musique pétifique ? On demande aussi combien il y a de genres de pets, par rapport à la différence du son ? Quant à la première question, un musicien très célèbre répond du succès de la musique demandée, et promet incessamment un concert de ce genre.

À l'égard de la seconde question, on répond qu'il y a soixante-deux sortes de sons parmi les pets. Car, selon Cardan, le *podex* peut produire et former quatre modes simples de pets, l'*aigu*, le *grave*, le *réfléchi* et le *libre*. De ces modes, il s'en forme cinquante-huit, qui, avec l'addition des quatre premiers, donnent dans la prononciation soixante-deux sons, ou espèces différentes de pets. Les compte qui voudra. *Qui potest capere, capiat.*

Il y a trois causes principales de la variété des sons, savoir : la *matière du vent*, la *nature du canal* et la *force du sujet*. Si la matière du vent est sèche, le son du pet est clair. Plus elle est humide, plus il est obscur ; plus elle est égale et de même nature, plus il est simple ; plus elle est hétérogène, plus il est multisonore.

Si le canal est étroit, le son sera aigu ; s'il est large, le son sera grave. La preuve résulte de la grosseur ou de la délicatesse des intestins, dont l'inanition ou la plénitude influe beaucoup sur le son, car on sait que ce qui est vide est plus sonore que ce qui est plein. La troisième cause de la différence du son consiste dans la vigueur du sujet. Plus la nature pousse fortement et vigoureusement, plus le bruit du pet est grand, plus il est étoffé.

Il est donc clair que la différence des sons naît de la différence des causes. On le prouve facilement par l'exemple des flûtes, des trompettes et des flageolets. Une flûte à paroi épaisse et large donne un son obscur. Une flûte étroite et mince en rend un clair ; enfin, une flûte dont la paroi tient le milieu entre l'épais et le mince en rend un mitoyen. La constitution de l'agent est encore une cause qui prouve cette assertion. Que quelqu'un, par exemple, qui a le vent bon, embouche une trompette, il en tirera infailliblement des sons très forts, et le contraire arrivera s'il a l'haleine faible et courte. Disons donc que les instruments à vent sont bien inventés et bien utiles pour l'appréciation des pets. Par eux, on tire des conjectures très certaines. Ô admirables flûtes, tendres flageolets ! graves cors de chasse ! etc. Vous êtes bien faits pour être cités dans l'art de péter, quand on vous embouche mal ; mais vous savez rendre une raison juste d'un son perçant et grave, quand une bouche habile vous fait résonner. Soufflez donc habilement, musiciens.

L'estime que m'inspire un confrère laborieux me fait une loi de citer la nouvelle machine que vient d'inventer le citoyen Régnier, membre du Lycée des Arts, auteur d'une foule de découvertes utiles à l'humanité. Son aéromètre, servant à fixer la durée et la force de l'air, peut-être employé avec succès pour déterminer la nature et la force du pet, et je n'ai pas dû le passer sous silence. (Voyez l'annuaire du Lycée des Arts, ou l'on trouve tout, excepté mon nom, et je vous dirai un autre jour le pourquoi.)

Question musicale. Duo singulier. *Belle invention pour faire entendre un concert à un sourd.*

Un savant allemand a proposé ici une question très difficile à résoudre : savoir s'il y a de la musique dans les pets ? *Distinguo.* Il y a de la musique dans les pets diphtongues, *concedo* ; dans les autres, *nego.*

La musique que produisent les pets diphtongues n'est pas de celle qui s'exprime par la voix, ou par l'impulsion de quelque chose de sonore, comme d'un violon, d'une guitare, d'un clavecin, etc. Elle ne dépend que du mécanisme du sphincter de l'anus qui, se resserrant ou s'élargissant, forme des sons graves ou aigus. Les pets diphtongues font seuls de la musique.

Deux petits garçons, mes compagnons d'école, avaient chacun un talent qui nous amusait tous trois. L'un rotait tant qu'il voulait sur différents tons, l'autre pétait de même. Le dernier, pour y mettre plus d'élégance et de raffinement, se servait d'un petit clayon à égoutter les fromages, sur lequel il ajustait une feuille de papier ; puis s'asseyant dessus à nu, et tortillant les fesses, il rendait des sons organiques et flûtés de toute espèce. La musique n'était pas à la vérité très harmonieuse, ni les modulations fort savantes ; il serait même difficile d'imaginer des règles de chant pour un pareil concert, et de faire aller ensemble, comme il faut, les bas et haut-dessus, les tailles et basses-tailles, les hautes et basses-contres, mais un habile compositeur pourrait en tirer un système musical digne d'être transmis à la postérité dans le poème de l'espagnol Yriarte sur cet art. C'est une diatonique distribuée à la pythagoricienne, dont on trouvera les *chroma*, en serrant les dents, on réussirait certainement. Veut-on obtenir des sons aigus ? Choisissez un corps rempli de fumées subtiles et un anus étroit. Voulez-vous des sons deux fois plus graves ? faites jouer un ventre plein de fumées épaisses et un canal large. Le sac à vents secs rendra les sons clairs et le sac à vents humides, des sons obscurs. Le bas-ventre est une orgue polyphtongue, d'où l'on peut tirer, comme d'un magasin, au moins douze tropes ou modes de sons, dont on choisira seulement ceux consacrés à l'agrément, tels que le *lyxoleidien*, l'*hypolyxoleidien*, le *dorique* et l'*hypodorique*. Ce qui est trop sensible détruit le sentiment. *A sensibili in supremo gradu destruitur sensibile*, c'est un axiome de philosophie. On ne fera donc rien que de modéré, et l'on sera sûr de plaire. Autrement, on épouvanterait, en imitant les sons bruyants des cataractes de Schaffouse, des montagnes d'Espagne, des sauts de Niagara ou de Montmorency dans le Canada, qui rendent les hommes sourds et font avorter les femelles avant qu'elles soient grosses.

Avant de finir ce chapitre, je ne puis, en bon citoyen, me dispenser de dédommager des torts de la nature ceux de mes amis envers lesquels elle a usé de rigueur. Il s'agit de faire participer un sourd à cette musique.

Il prendra donc une pipe à fumer, en appliquera la tête à l'anus d'un concertant, et tiendra l'extrémité du tuyau entre les dents, comme on tient une montre par le bouton pour en observer le battement. Par le bénéfice de la contingence, il saisira tous les intervalles des sons dans toute leur étendue et leur douceur. Nous en avons plusieurs exemples dans Cardan et Baptiste Porta, de Naples. Si quelqu'autre personne qu'un sourd veut avoir ce plaisir et participer au goût, il pourra, comme le sourd, tirer fortement son vent. Alors, il recevra toutes les sensations et toute la volupté qu'il en pourra prétendre.

DU PET MUET MAL PROPREMENT DIT VESSE.
Diagnostic et pronostic.

Il s'agit maintenant de nous faire comprendre sans parler. Les pets muets vulgairement appelés vesses, n'ont point de son, et se forment d'une petite quantité de vents très humides. On les nomme en latin *visia*, du verbe *visire*, en allemand *feistein*, et en anglais *fitch* ou *vetch*. Elles sont *sèches* ou *foireuses*. Les sèches sortent sans bruit, et n'entraînent point avec elles de matière épaisse. Les foireuses sont au contraire composées d'un vent taciturne et obscur, et emportent toujours avec elles un peu de matière liquide. Elles ont la vélocité d'une flèche ou de la foudre, et sont insupportables par l'odeur fétide qu'elles exhalent. Jean Despautère a dit qu'une liquide jointe à une muette dans la même syllabe, rend brève la voyelle douteuse, ce qui signifie que l'effet de la vesse foireuse est très prompt.

Un diable du pays latin voulant un jour lâcher un pet, et ne faisant qu'une vesse foireuse, s'écria avec colère et indignation, en maudissant la trahison de son derrière : « *Nusquam tuta fides ?* (Il n'y a donc plus de » bonne foi dans le monde ?) » On fait donc très bien, quand on craint ces vesses, de mettre bas les culottes et de lever sa chemise, avant de les lâcher. Il faut être sage, prudent et prévoyant.

Les vesses foireuses sortant sans bruit sont un signe qu'il n'y a pas beaucoup de vents. La partie liquide qu'elles entraînent donne lieu de croire qu'elles sont salutaires. Elles indiquent la maturité de la matière, et qu'il est temps de soulager les reins, suivant cet axiome :

Maturum stercus est importabile pondus.

C'est un lourd fardeau que l'envie d'aller à la selle.

Des pets ou vesses affectés et involontaires.

Le *pet affecté* ne se passe guère parmi les honnêtes gens, si ce n'est parmi ceux qui logent ensemble et qui couchent dans le même lit. Alors, on affecte d'en lâcher pour se faire rire, ou pour se faire pièce ; on les pousse si dodus et si distincts, qu'on pourrait les prendre pour des coups de couleuvrines. J'ai connu une dame qui, se couvrant l'anus avec sa chemise, s'approchait d'une chandelle récemment éteinte et, pétant et vessant lentement et par gradation, la rallumait avec la dernière adresse. Mais une autre qui la voulut imiter ne réussit point, réduisit la mèche en une poudre ardente qui se dissipa bientôt en l'air, et se brûla le derrière, tant qu'il est vrai que : *Il n'est pas permis à tout le monde d'aller à Corinthe.* Un amusement très joli, c'est de recevoir une vesse dans sa main, de l'approcher du nez de celle ou de celui avec qui l'on est couché, pour les faire juger du goût ou de l'espèce.

Le *pet involontaire* a lieu à l'insu de celui qui lui donne l'être, lorsqu'on est couché sur le dos, ou qu'on se baisse, ou qu'on fait de grands éclats de rire, ou enfin quand on éprouve de la crainte.

Celui-là est d'ordinairement excusable.

Effets utiles des pets et des vesses.

Tout pet est salutaire par lui-même, en tant que l'on se débarrasse d'un vent qui incommode. Cette évacuation détourne plusieurs maladies, la fureur, la douleur hypocondriaque, la colique, les tranchées, la passion iliaque, etc. Mais lorsqu'ils remontent ou ne trouvent pas de sortie, ils attaquent le cerveau par la prodigieuse quantité de vapeurs qu'elles y portent, corrompent l'imagination, rendent mélancolique, frénétique, et engendrent d'autres maladies très fâcheuses. De là, les fluxions qui se forment par la distillation des fumées de ces météores sinistres et qui descendent dans les parties inférieures : heureux quand on en est quitte pour la toux et les cathares. Le plus grand mal est d'être incapable de toute application, et rebuté par l'étude et le travail. Partez comme moi de ce principe, cher lecteur, qu'il y a une utilité particulière à péter. Je vais en citer plusieurs exemples.

Une dame, dans un cercle nombreux, est attaquée d'un mal de côté : alarmée d'un accident si imprévu, elle quitte une fête qui semblait n'être faite que pour elle, et dont elle était l'ornement. On s'agite, on s'inquiète, on vole à son secours. La faculté s'assemble à la hâte, consulte, raisonne, cherche la cause du mal, s'informe de la conduite et du régime de la dame. La malade s'examine et se rappelle qu'elle a imprudemment retenu un gros pet qui lui demandait son congé.

Une autre, sujette aux vents, retient douze gros pets captifs, qui successivement essaient de se faire jour. Elle se met à la torture pendant une longue séance et se présente à une table bien remplie, croyant y faire figure. Qu'arrive-t-il ? Elle dévore des yeux des mets auxquels elle ne peut pas toucher. Tout est plein, son estomac rempli de vents ne peut plus recevoir de nourriture.

Un petit maître, un abbé poli, un grave magistrat, tous trois également contrefaits, font de leur corps une caverne d'Éole ; ils y introduisent le vent, l'un par ses éclats, l'autre ses doctes entretiens, le dernier dans ses longues harangues. Bientôt ils sentent l'effort d'une violente tempête intestine, se roidissent contre sa fureur. Pas un d'eux ne lâche le moindre pet ; de retour chez eux, une violente colique que toute la pharmacie ne peut apaiser les abat impitoyablement et les met à deux doigts de la mort.

Que de biens ne procure point un pet lâché à propos. Il dissipe tous les symptômes d'une maladie sérieuse, il bannit toute crainte et tranquillise par sa présence les esprits alarmés. Tel se croyant dangereusement malade, appelle tous les sectateurs de Galien, qui tout à coup faisant un pet copieux, remercie la médecine et se trouve parfaitement guéri. Tel autre se lève avec un poids énorme sur l'estomac, et sort du lit tout gonflé. Il n'a cependant fait la veille aucun excès. Sans goût, sans appétit, il ne prend aucune nourriture, s'inquiète, s'alarme. La nuit vient et ne lui apporte que la faible espérance d'un sommeil interrompu. À l'instant où il se met au lit, une tempête s'élève dans la basse région, les intestins émus semblent se plaindre et, après de violentes secousses, un gros pet se fait jour et laisse notre malade confus de s'être inquiété pour si peu de chose.

Une femme esclave du préjugé n'a jamais connu les avantages du pet. Depuis douze ans, victime malheureuse de sa maladie, et de la médecine, elle avait épuisé tous les remèdes. Éclairée enfin sur l'utilité du pet, elle pète librement et souvent. Dès lors, plus de douleurs, elle jouit d'une parfaite santé.

Si la vesse trouble l'économie de la société par sa nature malfaisante, le pet est son antidote. Il la détruit et l'empêche de paraître, lorsqu'il a eu lui-même assez de force pour se faire un passage, car il est évident, d'après tout ce que j'ai dit, qu'on ne vesse que parce qu'on n'a pas voulu péter, et que partout où se trouve le frère aîné le pet, sa sœur la vesse ne peut se trouver.

Je trouve dans un très ancien manuscrit la pièce suivante, qui n'est pas sans mérite, et qui va très bien à mon sujet.

Air : *De la Reynie*

Ah ! je prétends punir votre insolence,
Remarquez bien ce que vous avez fait :
Quoi, vous osez péter en ma présence,
Savez-vous bien où peut aller un pet ?

Réponse

Un pauvre pet réduit à l'esclavage,
Las de souffrir une sale prison,
Est-il puni pour se faire un passage ?
La liberté fut toujours de saison.

Quoi, pour un pet échangé sans malice,
Ai-je péché contre les règlements ?
Déclarez-nous, grands juges de police,
Si vous voulez aussi régler les vents.

Un pet est-il assez de conséquence
Pour élever contre un cul tous nos sens ?
Ce pauvre cul, quoique plein d'innocence,
Pour vous fléchir, vous donne de l'encens.

Jamais un pet, soit dit sans vous déplaire,
Ne fut poussé plus méthodiquement,
J'avais aussi mes raisons pour le faire,
Car jamais pet ne fut sans fondement.

Veillez, ô guet, à nettoyer les rues,
Réglez les jeux, la chair et le poisson ;
Mais sur les culs vous n'avez point de vues,

Un cul peut tout dedans son caleçon.

Que feriez-vous de nous en votre empire,
Disaient les vents du nord et du levant,
Vous qui grondez contre un simple zéphyr
Qui par hasard est venu du Ponant ?

Apaisez donc, Monsieur, votre colère,
À quoi sert-il à moi de disputer ?
Vous permettez à mon âne de braire,
Défendrez-vous à mon cul de péter ?

Ah ! si j'osais, mais je ne l'ose dire,
Ou si j'osais vous le dire tout bas…
Je n'en puis plus, mon mal de ventre empire,
Je vais… sous moi… ne le sentez-vous pas ?

Ce serait une injustice de croire que les rires excités par le pet sont plutôt des signes de mépris et de pitié, que la marque d'une véritable joie. Le pet contient en lui-même un agrément essentiel, indépendant des lieux et des circonstances.

Auprès d'un malade, une famille en pleurs attend le fatal moment qui va lui enlever un chef, un fils, un frère, un époux. Quel tableau désespérant et terrible ! tout à coup, un pet sorti avec fracas du lit du moribond, suspend la douleur des assistants, fait naître une lueur d'espérance et excite encore au moins un sourire. Si, près d'un moribond où tout n'inspire que le deuil, le pet peut égayer les esprits et dilater les cœurs, doutera-t-on du pouvoir de ses charmes ? En effet, susceptible de diverses modifications, il varie ses agréments et doit par là plaire généralement. Tantôt précipité dans sa sortie, impétueux dans son mouvement, il imite le fracas du canon ; alors il plaît à l'homme de guerre. Tantôt retardé dans sa course, gêné dans son passage par les deux hémisphères qui le compriment, il imite les instruments de musique. Bruyant quelquefois dans ses accords, souvent flexible et moelleux dans ses modulations, il doit plaire aux âmes sensibles et presque à tous les hommes, car il en est peu qui n'aiment pas la musique, puisque les brutes même en sont touchés. Le pet étant agréable, son utilité particulière et générale étant bien démontrée, sa prétendue indécence combattue et détruite, qui pourra lui refuser son suffrage ? Cicéron, liv. I des *Offices*, dit : « Ce qui est utile, agréable et honnête, est » censé avoir une bonté et une valeur réelle. »

Loin de blâmer les péteurs, les anciens encourageaient au contraire leurs disciples à ne point se gêner. Les stoïciens dont la philosophie était la plus épurée de ces temps-là, disaient que la devise des hommes était « à la liberté ». Les plus grands philosophes, et Cicéron lui-même, préféraient la doctrine stoïque aux autres sectes qui traitaient de la félicité de la vie humaine. Tous, par des arguments sans réplique, ont obligé leurs adversaires de convenir que, parmi les préceptes les plus salutaires de la vie, non seulement les pets mais encore les rots devaient être libres. On peut voir cet argument dans la 9e épître familière de Cicéron à Pœte, 174, et l'on y verra, entre une infinité de bons conseils, celui-ci : « Qu'il faut » faire et se conduire en tout selon que la nature » l'exige. » Il est donc inutile d'après cela, d'alléguer avec emphase les lois de la pudeur et de la civilité qui, toutes respectables qu'elles sont, ne doivent pourtant pas l'emporter sur la conservation de la santé et de la vie même. Mais enfin s'il est encore quelqu'esclave de ce préjugé, sans le dissuader de péter, nous allons lui donner le moyen de dissimuler au moins son pet. Il aura donc soin de l'accompagner d'un vigoureux *hem, hem*. Si ses poumons ne sont pas assez forts, il affectera un grand éternuement ; alors, il sera accueilli, fêté même de toute la compagnie et comblé de bénédictions. S'il ne peut ni l'un, ni l'autre, il crachera bien fort, ou remuera bien fort sa chaise. S'il ne peut faire tout cela, qu'il serre les fesses bien fort.

La compression et le resserrement du grand muscle de l'anus rendront femelle ce qui devait être mâle. Cette malheureuse finesse fera payer bien cher à l'odorat ce qu'elle épargne à l'ouïe, mais je ne garantis pas des suites funestes de cette ruse, et je conclus qu'il vaut mieux, comme l'archevêque que je vais citer, appeler l'attention sur un autre objet par une transition ingénieuse :

Notre archevêque Mitra,
Prélat de bonne figure,
Fit un jour un gala
Où l'on ne but point d'eau pure.

Un chanoine gros et gras
Et d'une épaisse encolure
Fit le plaisir du repas ;
J'en vais conter l'aventure.

Assis sur son perroquet,
Siège étroit pour sa carrure,
Il tomba sur le parquet
Sans se faire une blessure.

Étendu comme un crapaud,
Tout prêt à crever d'enflure,

Il nous lâcha bien et beau
Un vent de mauvaise augure.

Au bruit de cet accident
Chacun rit outre mesure,
Monseigneur dit gravement :
« Buvons tous, je vous conjure. »

Dans le siècle dernier, une vieille femme, sourde comme un pot, faisait ses prières dans l'église de Bonne-Nouvelle, à Paris. Profondément baissée devant l'image de Marie, elle lâchait à plusieurs reprises des pets assez intelligibles. « Bonne femme, » lui dit assez charitablement quelqu'un qui, placé » derrière elle, les recevait de première main, vous » pétez… — Ah ! Monsieur, répliqua-t-elle, je vous » demande bien pardon, j'ai le malheur d'être sourde » et je croyais que c'était seulement des vesses. » Il arriva la même chose à Œthon, qui n'était pas sourd, au rapport de Martial, livre 12, épigramme 78, qui finit ainsi :

Sed quamvis sibi caverit precando,
Compressus natibus Jovem et salutet,
Turbatus tamen, usque et usque pedit,
Mox Œthon, deciesque, viciesque.

Mes lecteurs me seront gré de leur offrir l'énigme suivante :

Ante domum quidam, seclam cocco parat antro,
Proripere incautus, nil metuensque mali
Nam se exisse ratus, quidam arcte comprimit, ipsis
In foribus, clamor surgat ut inde gravis.

Solutio

Absque sono flatus saepe affectatus acuto,
Non affectatum ventris it in crepitum.

Henri Bebelle, dont les facéties composées en 1506 sont si rares que M. de la Monnoye lui-même paraît n'en avoir eu aucune connaissance, puisqu'il n'en dit rien, et que l'on ne trouve le titre de ce livre sur aucun catalogue, nous a conservé le trait suivant.

Un orateur lâcha un pet en présence du grand Sigismond, duc d'Autriche, qu'il haranguait : « Si vous » voulez parler, dit-il en se retournant vers son » derrière, il faudra que je me taise. » Puis, sans faire paraître le moindre embarras, il continua sa harangue. Sa présence d'esprit et son ton flegmatique, dans un moment si périlleux, plurent tant à ce prince qui aimait la gaieté, qu'il eut depuis lors toutes sortes de d'égards pour cet orateur facétieux. Voilà la fortune d'un littérateur due à un pet. Il y a tant d'ouvrages encore meilleurs que celui-ci, qui ont conduit l'auteur à l'hôpital !

En voici encore un tiré du même auteur :

Un prêtre baptisait un enfant. Lorsqu'il en fut à ces paroles de l'exorcisme : « Il fit de la boue avec son » crachat », la sage-femme qui tenait l'enfant et qui se baissait pour ramasser de la poussière, lâcha un pet énorme. Le prêtre étonné quitte sa lecture. « Voyez, » dit-il aux assistants, quelle est la force miraculeuse » des paroles sacrées, j'ai commandé à Satan de sortir, » il est sorti, en remplissant l'air de sa puanteur, » comme vous devez le sentir. » La femme, déconcertée, et qui n'a pas entendu ce qu'a dit le prêtre, dit que c'est l'enfant qui a pété et non pas elle. « Que le » mal Saint-Jean t'arde, répond l'autre irrité. Car si tu » es aussi impoli en naissant, en présence d'un prêtre » respectable et dans un lieu saint, que feras-tu donc » dans un âge avancé ? »

Le père des calembours, le fameux marquis de Bièvre, a dit plusieurs choses très plaisantes sur le pet. Comme j'écris de mémoire et que cette partie de mon moral, jadis bien fournie, me manque souvent au besoin, je citerai seulement cette plaisanterie. Quelqu'un disait dans une société où il se trouvait, que la guerre était un terrible fléau mais qu'heureusement il courait des bruits de paix (de pet). « Oh ! pour » cela, dit le marquis, *ce n'est pas sans fondement.* » L'orateur qui se disposait à faire de l'esprit sur son texte, fut arrêté tout court au milieu de son vol et tout le monde rit encore. (Le lecteur ne trouvera pas à présent le mot très neuf.)

Mais je m'aperçois avec chagrin que le nombre obligé des pages que doit avoir mon volume me force de finir, je remets donc à une autre édition tout ce qui me reste à dire sur le pet, ou aux deux ouvrages indiqués dans ma préface, si toutefois vous les pouvez trouver. Et avant de fermer le volume, je veux vous donner un conseil dont vous sentirez toute l'importance.

Si vous êtes dans un cercle nombreux, où un ignorant *incroyable* trouve le secret de s'ennuyer, s'il vous assomme depuis une heure par mille impertinences débitées en arrangeant sa cravate, relevant ses bottes, montrant ses dents, étalant ses grâces, soyez sûr que cet impitoyable ennemi de la société ne pourra résister à l'attaque d'un pet, qui l'arrêtera tout court au milieu de l'éructation de ses sottises, tirera tous les esprits de la captivité en faisant diversion au babil assassin de leur ennemi commun.

S'il arrive qu'une assemblée brillante garde depuis

deux heures un silence plus morne que celui des anciens chartreux ; si, les uns par ignorance, les autres par timidité, enfin par cérémonie, on est près de se séparer sans avoir prononcé un seul mot, soyez sûr que le pet va ranimer tout le monde, épanouir les figures, dilater les cœurs, et prodiguer tous les charmes d'une conversation enjouée, saupoudrée de critiques et de plaisanteries. D'où je conclus que le pet est le père de la joie, de la santé, de l'esprit et de la liberté. J'ai fini. Adieu.

Claudite jam rivos pueri, sat prata biberunt.

P.-S. Il a paru, il y a longtemps, un *Art de péter*, parodié sur *l'Art poétique* de Boileau, et une pièce intitulée : *Généalogie de Milord Pet* ; mais il m'a été impossible de me procurer ces ouvrages. Il vient de paraître une pièce intitulée : *Caquire*, de M. de Vessaire, parodiée de *Zaïre*, 1 vol. *in*-8°, qui se trouve chez les mêmes libraires.

Règlement provisoire de la société des Francs-péteurs.

Tout récipiendaire doit avoir un état au moins honnête, de l'aisance et une sorte de crédit dans le monde.

Il ne sera admis qu'aux deux tiers des suffrages.

L'épreuve sera d'un an entier.

On ne prendra point d'argent pour la réception d'un Franc-péteur. On devrait payer au contraire les hommes assez courageux pour oser devenir libres et procurer la liberté aux autres.

Il faudra, pour être reçu, n'avoir pas moins de vingt-quatre ans, et pas plus de soixante.

On exige du récipiendaire une disposition marquée pour l'éloquence et surtout la connaissance de sa langue.

Les Francs-péteurs n'auront au-dehors aucune

marque distinctive. Dans leurs assemblées seulement, ils porteront au cou un ruban blanc, au bout duquel pendra la figure en or de Zéphyr, couronné de toutes sortes de fleurs, avec cette devise : « À la liberté ».

Le lieu des séances se nomme *Case*.

La formule du sacrement pour être reçu est conçue en ces termes : « Tenant à grand honneur d'entrer » dans la société des Francs-péteurs, je promets une » constante soumission à son directeur et une tendre » amitié à tous les frères. Ennemi déclaré du préjugé, » je le combattrai en tous lieux, pétant librement, souvent et méthodiquement. »

Cette formule prononcée à haute voix sera suivie d'une canonnade ou salve de pets, en signe d'allégresse.

Les repas se font dans la salle du *Zéphyr* ou de la *Liberté*.

Les discours d'éloquence ne seront prononcés que dans la *Case*, ainsi que les bons poèmes et odes à l'honneur du pet.

Les petits madrigaux, quatrains, épîtres, stances et couplets ne seront reçus qu'à table.

Les Francs-péteurs ne feront des vers que dans l'intention de faire ensuite de meilleure prose.

Les applaudissements ne se manifesteront que par le bruit des pets. L'improbation, par le silence.

Le recueil sera publié tous les ans et marchera de

pair avec celui des mille et une sociétés en vogue.

Tous les deux mois, on tiendra la *Case* ordinaire.

Le conseil tiendra tous les huit jours.

Chaque année, le premier ventôse, époque où les vents impétueux sont censés faire le plus de fracas, sera l'assemblée générale, où les officiers de chaque case feront l'extrait des délibérations du conseil ; les trésoriers y rendront leurs comptes. Les réflexions et observations seront proposées par écrit et signées de leur auteur.

Chaque *Case* est composée d'un directeur, d'un vice-gérant ou directeur en second, d'un orateur, d'un foudroyant, d'un introducteur et d'un trésorier.

Tous les officiers composeront le conseil et y appelleront les cinq derniers officiers sortant de charge, avec les plus anciens frères, de sorte qu'ils seront toujours au nombre de douze.

Il n'y aura point de chef, ni de secrétaire général, ou perpétuel, car leur autorité balancerait d'abord et neutraliserait ensuite le pouvoir de l'universalité. Il ne pourra y avoir absolument qu'une *Case* établie dans chaque ville, excepté à Paris où il y en aura trois, l'une au centre et les deux autres répondantes à l'orient et à l'occident.

Chaque *Case* ne pourra être composée que de trente sujets exclusivement. Ils suffisent pour ramener à la liberté des citoyens de bonne foi.

La société aura des correspondants dans toutes les communes de la république ; et dans les pays étrangers, un chef de correspondance, auquel tous les autres associés rendront compte de leurs opérations.

On s'assemblera tous les deux mois, à huit heures du matin en été, et à dix en hiver. On fera un dîner honnête, mais frugal.

Il n'y aura point de frère du second ordre.

Nota. Si la société a lieu, on donnera plus d'étendue à ce règlement, mais le nom de la société ne changera pas.

FIN

NOTE BIBLIOGRAPHIQUE.

Les littérateurs qui, comme moi, voudraient se délasser de travaux plus sérieux, par la traduction des autres éloges comiques, seront bien aise sans doute de connaître l'ouvrage suivant, dans lequel ils trouveront une vaste carrière.

Il est intitulé : *Amphitheatrum Sapientiæ Socraticæ Joco-seriæ, hoc est — Encomia et commentaria auctorum qua veterum, qua recentiorum prope omnium ; quibus res, aut pro vilibus vulgo aut damnosis habitæ, styli patrocinio vindicantur, exornantur : opus ad mysteria naturæ discenda, ad omnem amœnitatem, sapientiam, virtutem, publice privateque utilissum, in 2 tom. Partim ex libris editis, partim manuscriptis congestum tributumque, a Gaspare Dornavio philosopho et medico. Hanoviæ, typis Vechelianis, 1619, in-folio.*

C'est dans ce recueil précieux que j'ai puisé une partie de mon éloge du pet.

Voyez, page 349, *Rodolphi Goclenii problemata de crepitu ventris* ; et page 355, *De peditu ejusque speciebus, crepitu et visio, discursus methodicus in theses disgestus, autore Buldriano Sclopetario, Blesense. Clareforti, apud Stancarum Cepollam, sub signo divi Blasii*, 1596.

Parmi les éloges que contient ce recueil, et que nous n'avons pas cités dans la préface de cet ouvrage pour ne pas la rendre trop longue, voici ceux qui nous paraissent les plus dignes de trouver des traducteurs :

De la fourmi, par Érasme Ebner, page 80.
De l'araignée, Ant. Thylesius, 112.
De la puce de Cath. Desroches, Barn. Brisson, 27.
Du moucheron, Virgile et Jean Jacomot, 113.
Du ver luisant, Mich. Gehlerus, 173.
Des vers, Ulysse Aldrovandus, 171.
De la paille, Fred. Widebramus, 232.
De la colombe, Ulyss. Aldrovand., 374.
De la boue, Joan. Majoragius, 173.
Du chêne, Gasp. Dornavius, 201.
De la barbe, Ant. Hotomanni, 318.
Du cygne, Jean Passerat, 373.
Du scarabée, Gasp. Dornavius, 126.
Du cheval, Juste Lipse, 489.
Du chien, Philippe Camerarius, 517.
Du lièvre, Titus Strozza, 602.

De la porte, Jean Campanus, 657.
Des huîtres, Michael Mayer, 613.
Du singe, Daniel Heinsius, 539.
De la petitesse, Ericius Puteanus, 772.
Du rire, par le même, 777.
Du mercure, Mich. Mayer, 604.
Du fer, Nicolas Monard, 614.
De l'éléphant, Juste Lipse, 480.
De l'alouette, Ulys. Aldrovand., 466.
Du plongeon, Jacq Eyndius, 468.
De l'hirondelle, par le même, 457.
De la pie, par le même, 465.
De la grue, 470.
Du geai, par le même, 455.
Du corbeau, Jov. Pontanus, 454.
De la chouette, Euricius Cordus, 455.
Du veau, Mich. Mayer, 505.
Du mouton, par le même, 504.

Nota. Je me propose de publier ceux des *poux*, de la *paille*, de la *boue*, de la *cigogne* et de l'*œuf*, si celui-ci a le succès que j'en espère.

Notes omises

À la page 53, *Pet de nonne.*

Les nonnes ont donné le nom de pet à une de leurs pâtisseries les plus exquises. Tout le monde connaît les *pets de nonne*, dont les directeurs, les abbés, les *pater* et les prélats étaient si friands et toujours si bien approvisionnés. Ce pet est une espèce de croquignole, un beignet de forme globulaire, appelé en latin : *monialis crepitus.*

À la page 75.

Un homme se trouvant dans un cercle nombreux après le dîner, se tenait debout, appuyé sur la cheminée, et tournant le dos au feu, comme cela se pratique assez ordinairement. La trop vive chaleur du feu, qui l'incommodait beaucoup, provoqua chez lui un pet des mieux conditionnés. Il s'en excusa en homme d'esprit et sans se

déconcerter : « Je vous demande mille pardons, dit-
» il, mais je suis de la nature du bois vert, quand je
» brûle, je pète. »

Poésies fugitives

La Puce,
Traduite du latin d'Ovide.

Insecte imperceptible et pourtant redoutable,
Dont le dard importun plonge avec volupté
Sur la peau de satin qui couvre un sexe
 aimable,
Quels termes employer contre ta cruauté ?

De son sang le plus pur je te vois altérée,
Nuancer de son corps les roses et les lys,
D'un ébène inégal, d'une tache pourprée
Qui déparent l'éclat de ses membres polis.

Lorsque d'une beauté qui doucement sommeille,
Tu ne respectes point les plus parfaits contours,
Je la vois tressaillir ; elle bondit, elle s'éveille,
Et perd un songe heureux qu'inspiraient les
 amours.

Errant impunément sur deux sphères de neige,
Tu parcours en tyran les états de Cypris,
Rien n'est inaccessible à ton cours sacrilège,
Partout tu fais du mal et tu crois tout permis.

Je souffre, j'en conviens, des mortelles blessures
Dont tu couvres les flancs de la beauté qui dort ;
Sur ses appâts secrets tes nombreuses morsures
Outragent un réduit fait pour un plus beau sort.

Ah ! pour te pardonner, il faut être toi-même,
Déjà ton ennemi, que ne suis-je le mien !
Que je meure jaloux de ton pouvoir suprême,
Si bientôt je n'acquiers un sort égal au tien.

Signalant sa bonté par un charmant prodige,
Si la nature en toi voulait me transformer !
Et puis me rendre moi : quels plaisirs ! mais que
dis-je ?
Puce, je jouirais : mais qu'est-ce sans aimer ?

N'importe, il faut calmer le feu qui me dévore,
Ne pourrai-je devoir à quelqu'enchantement,
Aux talents précieux du serpent d'Épidaure
L'ivresse que promet un si doux changement ?

Des philtres de Circé, des charmes de Médée
Le pouvoir est connu dans le vaste univers,
Je devrais à leur gloire, alors bien décidée,

Changeant d'être à mon gré, mes plaisirs les plus
chers.

Oh ! comme profitant de la métamorphose,
Et sous son dernier voile adroitement caché,
Je serais à Cloé, quand sa paupière est close,
Sans lui faire de mal, fortement attaché !

Ensuite, parcourant un plus sombre parage,
Je glisserais sans bruit vers le temple sacré,
Où nul autre avant moi n'a porté son hommage,
Où le trait de l'amour n'a jamais pénétré.

Jusqu'à l'aube du jour poursuivant ma victoire,
Je redeviendrais homme, afin de mieux sentir ;
J'apaiserais ma belle, en me couvrant de gloire,
En la persuadant de tout mon repentir.

Mais, si de ce miracle effrayée et surprise,
Mon amante à mes feux opposant son courroux,
Appelait ses valets : alors, sans lâcher prise,
Je redeviendrais puce et les braverais tous.

Ensuite avec Cloé, libre par leur absence,
De ma première forme empruntant le moyen,
Je prendrais à témoin les dieux, de ma
conscience,
Je saurais la réduire à ne refuser rien.

Moitié gré, moitié force, enfin Cloé vaincue,
De ses trésors secrets me faisant l'abandon,
Dirait, en soupirant, languissante, abattue,
Ah ! ne me quitte plus et reçois ton pardon.

La puce
Traduite du latin de Nicolas Mercier
De Poissy[20].

Ah ! te voilà donc enfin prise !
Maudite puce, je te tiens,
Pour te perdre dans ma chemise
Tu prends d'inutiles moyens.

---

[20] Nicolas Mercier, de Poissy, professeur de troisième au collège de Navarre, à Paris, et sous-principal des grammairiens, mort en 1657. On a de lui 1° un *Manuel des grammairiens* ; 2° un poème latin intitulé : *De officiis Scolasticorum* ; 3° une excellente édition d'Érasme ; 4° *De Conscribendo epigrammate, opus curiosum*, deux parties, Paris, 1653, *in*-8°, belle édition ornée d'un frontispice et du portrait de l'auteur.

La république des lettres compte beaucoup d'écrivains qui ont porté le nom de Mercier : comme on confond tous les jours leurs ouvrages, je donnerai quelque jour leur biographie, avec une dissertation onomastique sur l'origine de ce nom, dans la langue celtique.

De mon repos, vile adversaire,
Depuis assez longtemps ton dard,
Sur ma peau se donnant carrière,
Rend vains ma recherche et mon art.
Ô bonheur ! viens donc, scélérate,
Il faut, puisque je suis vainqueur,
Que ma juste vengeance éclate
Et punisse enfin ta noirceur.
Oh ! comme elle fait l'hypocrite !
Lorsque sur elle l'ongle pend.
Voyez comme, sans mouvement,
Du châtiment qu'elle mérite
Elle espère éloigner l'instant,
Me tromper et prendre la fuite.
Ton espoir est vain, tu mourras,
Perfide ! rien de ma colère
Ne peut suspendre les éclats.
Mais avant tout, il faut me faire
L'aveu de tous tes attentats.
Dis, combien de fois tes morsures,
Le jour, la nuit, à tout propos,
Ont troublé par mille blessures
Mes études et mon repos.
Tu ne dis rien, mais le silence
Me prouve encore ton offense.
Monstre ! allons, donnez-moi de l'eau,

Du fer, du feu ; que son supplice,
Sous cent formes toujours nouveau,
Bien lentement l'anéantisse.
Ces pattes, il faut les trancher ;
Bon ! noyons maintenant la tête,
Et livrons son corps au bûcher
Que j'ai construit d'une allumette.

Ensuite, oubliant le délit,
D'un grain de millet je vais faire
La petite urne funéraire
Dont le socle est le pied du lit.
Par cette succincte épitaphe,
Dans le style élégiographe,
Avertissons toutes ses sœurs
De mettre un terme à leurs noirceurs.
Je veux que leur troupe éperdue,
Tremble enfin et fuie à la vue
De ces épouvantables mots :
« Ci-gît, après de longs supplices,
Une puce auteur de mes maux ;
Ainsi périront ses complices,
Qui pourraient troubler mes travaux. »

Épître au plaisir

Ô toi, dont la sublime essence,
Les attraits, la douce influence,
Nous annoncent de ton auteur
La sagesse et la bienfaisance,
Âme de la nature immense !
Salut ! adorable enchanteur !
D'un ami des arts et des roses,
Qui cherche tes effets, tes causes,
Embellit les loisirs touchants
De tes fleurs récemment écloses,
Des coloris dont tu disposes
Viens animer mes faibles chants.

Plus habile à sentir qu'à peindre,
Je ne te cherche pas sans craindre
Au milieu de nos passions :
Je veux te contempler, t'atteindre,
Te savoir, te fixer, sans feindre
Tes profondes impressions.
Je pourrai manquer ton image,
Sur l'aile d'un léger nuage,
Tu peux échapper à mes yeux ;
Mais si de mon stérile hommage
Un seul sentiment est l'ouvrage,

Si j'attendris, je suis heureux.

À des calculs métaphysiques,
À des discours scientifiques
D'Estaing[21] donnant un vaste essor,
Me laisse le cœur froid et vide,
L'homme de t'embrasser avide,
En te voyant, te cherche encore.
Je veux à ses mains enfantines
Offrir des roses sans épines,
Et le sentier le plus riant ;
D'ailleurs, de ta faveur suprême
Je ne jouirais plus moi-même,
On te perd en t'analysant.

Quand, pour s'aimer dans son ouvrage,
Dieu construisit à son image
Le type des êtres divers,
Toi seul, par ta chaleur féconde,
Animas et peuplas du monde
Les mornes et trop froids déserts.
Avec l'astre dont la lumière
Embrasse la nature entière.

---

[21] Voyez le recueil que j'ai publié des poèmes sur le plaisir et la volupté ; 2 vol., *in*-18, fig.

Dieu te fit jaillir de ses mains.
Docile à ta voix salutaire,
Par toi des femmes la première
Charma le premier des humains.

Alors, timide, alors sans ailes,
Riche des grâces naturelles
Et pur comme un rayon du jour,
Tu fus placé par la nature
Sur une touffe de verdure
Auprès de l'innocent amour.
Las des travaux de la campagne,
Auprès de sa chaste compagne
Abel te retrouvait le soir ;
Des fruits offerts par la tendresse
De leurs feux tempéraient l'ivresse,
Lorsqu'entre eux tu venais t'asseoir.

Dans ses désirs insatiables
Bientôt, à ton instinct aimable
L'homme ennuyé ferma son cœur ;
Son art, en construisant des villes,
Outrage et détruit tes asiles,
Un luxe insolent est vainqueur.
Pensant que tu ne peux suffire
À son bonheur, à son délire,

L'homme invente la volupté.
L'intérêt devient son complice,
Mais bientôt pour notre supplice
Naît l'affreuse satiété.

Ah ! tu n'es pas ce que nos vices
Et nos erreurs, et nos caprices
T'ont fait dans leur aveuglement ;
Fils et charme de la nature,
Un comme elle et sans imposture,
Tu n'es que dans le sentiment.
Armé du flambeau des furies,
L'amour dans nos âmes flétries
Distille un poison empesté ;
Mais tu détestes ces contrées
Où le cynisme des Térées
T'élève un trône ensanglanté.

Les alcôves mystérieuses
Où d'extases voluptueuses
Se bercent d'insensés mortels,
Ces bals où la magnificence
Prodigue l'or à l'indécence
Ne furent plus jamais tes autels ;
Avec tes étreintes si douces
Je ne confonds pas les secousses

D'une ardente velléité ;
L'*incroyable* parfumé d'ambre
Te voit mourir dans l'antichambre,
Au boudoir, tu n'as pas été.

Quand, précédé par les haleines
Des zéphyrs caressant nos plaines,
Mai riant vient tout rajeunir,
Avec lui, tu viens dans nos âmes
Allumer de nouvelles flammes
Et disposer tout à s'unir.
C'est toi seule dont la main brûlante
Fait germer, fait croître la plante,
Et la rend capable d'amour ;
C'est toi qui, la rendant nubile,
Places sur sa tige fertile
L'époux qui la rend mère un jour.

Dans une douce promenade
Rêver au bruit d'une cascade,
À tous les heureux qu'on a faits,
À ceux que l'on peut faire encore ;
À l'orphelin qui nous implore
Rendre l'allégresse et la paix ;
Sur les nuages qu'elle dore
Voir lentement poindre l'aurore

Qui va ranimer les forêts ;
S'environner de la nature,
Voilà l'ivresse la plus pure !
Ô plaisir ! voilà tes bienfaits !

À L'AUTEUR DE *GÉRARD DE VELSEN*

Amsterdam, le 15 juin 1797.

Le *Gérard de Velsen* que j'ai publié n'est que ma propre traduction de votre original, entreprise dans les moments qui me restaient des affaires publiques, en 1793, période où votre *Gérard* me vint en mains. J'avais d'abord l'idée d'y ajouter quelques notes historiques[22], mais crainte d'être regardé comme voulant allumer une chandelle au soleil, je m'en suis passé. D'ailleurs, la politique dans laquelle je me trouvais enseveli ne m'en laissa guère le loisir.

Agréez l'hommage que le devoir et le sentiment m'inspirent, et que je m'empresse aussi de rendre aux

---

22 Ces notes qui n'existaient pas dans la première édition de *Gérard de Velsen*, en 1793, se trouvent dans la seconde, qui est très augmentée et beaucoup plus correcte.

rares talents qui vous distinguent si glorieusement. Daignez m'accorder votre précieuse amitié, en me croyant très respectueusement, etc.

Guillaume Holtrop.

À L'AUTEUR DES *NUITS D'HIVER ET DE LA CONCIERGERIE.*

De Vezoul, le 25 Prairial, an V.

Je lisais avant-hier vos *Nuits de la Conciergerie*[23], mes sens étaient émus, mon imagination exaltée. Je jetai quelques idées sur le papier, j'y ajoutai des rimes, et c'est ce que j'ose vous offrir aujourd'hui. Pardonnez ce faible hommage : souriez à l'essai d'un jeune homme de seize ans qui demande et a besoin d'encouragements et d'exemples.

Quelle âme sensible et naïve
A tracé ces sombres tableaux ?

---

[23] Cet ouvrage en 2 vol., *in*-18, se trouve chez les mêmes libraires.

Quelle voix touchante et plaintive
Gémit au fond de ces cachots ?
Quel pinceau !... quelle touche mâle !
Qu'il sait bien choisir ses couleurs !
Silence ! son chagrin s'exhale !
Qu'il peint bien ses justes douleurs !

Ô toi dont le tendre délire
Produit des accords si touchants ;
Toi, dont l'harmonieuse lyre
Émeut, échauffe tous mes sens !
Et toi, sa compagne chérie,
Toi qui partageas ses malheurs,
Souffre que mon âme attendrie
Avec vous répande des pleurs.

Quand sur l'émail de la prairie
Un doux songe te fait errer,
Avec toi, dans ta rêverie,
Oh ! qu'il m'est doux de m'égarer !
Quand un autre songe t'inspire,
Te change en guerrier courageux,
À tes côtés je vois, j'admire
Mon pays libre et vertueux.

Quand ta Joséphine inquiète

Vient te consoler en prison,
De mon cœur ma bouche interprète
Répète à chaque instant son nom.
Quand par un ordre sanguinaire,
Plongé vivant sous les tombeaux,
Tu nous retraces ta misère,
Je sens, je partage tes maux.

Que tu sais bien de la nature
Nous peindre les riants attraits !
Que d'une âme innocente et pure
Tu sais bien nous offrir les traits !
Que ton simple et touchant ouvrage
Remplit mes sens de volupté !
Pardonne à ce trop faible hommage,
C'est le cœur seul qui l'a dicté.

RÉPONSE À LA LETTRE PRÉCÉDENTE.

Quoique votre trop flatteuse lettre, citoyen, et vos jolis couplets ne soient signés que de la lettre initiale B… l, je crois avoir deviné juste, en vous en croyant le père, et j'aime mieux courir le risque d'une erreur, que d'une ingratitude. Recevez l'expression de toute ma sensibilité : si la vérité ne dicte pas vos éloges, c'est au moins de l'amitié, et ce dernier sentiment m'est si cher, j'en ai tant besoin pour supporter mon infortune, que je lui pardonne tout.

D'une captivité cruelle
Vous louez trop le triste fruit,
Mon cœur au sot orgueil rebelle,
Par votre encens n'est pas séduit.
La complaisance maternelle
N'a jamais fasciné mes yeux.

Une éloquence naturelle
Est pour moi l'art le plus heureux.

Souffrant, prêt à cesser de vivre,
Ai-je pu croire qu'à ces *Nuits*
Le destin me ferait survivre,
Et finirait mes longs ennuis ?
Dans le sein d'une épouse chère
J'épanchais ma sombre terreur.
Je ne voulais qu'elle sur terre
Pour confidente et pour lecteur.

Le neuf thermidor me rappelle
À ses baisers, à son amour ;
Je ne renaissais que par elle,
Pour elle, je chéris le jour.
De mes mains, la reconnaissance
Laisse échapper le manuscrit,
Un voile sert mon impuissance,
Mais l'amour encor me trahit.

C'est à vous de cueillir des palmes
Au Pinde, et la rose à Paphos,
Vous dont les jours sereins et calmes
S'écoulent dans un doux repos.
Seize ans, âme sensible, aisance,

Forces, talents, vous avez tout :
La carrière pour vous commence,
Moi, je suis las et suis au bout.

FIN

Table des matières

Fin de la table.

Achevé d'imprimer en février 2005
sur les presses de la Nouvelle Imprimerie Laballery
58500 Clamecy
Dépôt légal : février 2005
Numéro d'impression : 501165

Imprimé en France